KB073047

FUSION FANTASTIC STORY
월문선 장편 소설

화려한 귀환 4

월문선 장편 소설

초판 1쇄 찍은 날 § 2014년 4월 15일
초판 1쇄 펴낸 날 § 2014년 4월 23일

지은이 § 월문선
펴낸이 § 서경석

편집부장 § 권태완
편집책임 § 이효남
디자인 § 이거일

펴낸곳 § 도서출판 청어람
등록번호 § 제387-1999-000006호
등록일자 § 1999. 5. 31
어람번호 § 제1-1832호

주소 § 경기도 부천시 원미구 부일로 483번길 40 서경B/D 3F (우) 420-822
전화 § 032-656-4452 팩스 § 032-656-4453
http://www.chungeoram.com
E-mail § chungeorambook@daum.net

ISBN 979-11-5681-989-9 04810
ISBN 978-89-251-3687-5 (세트)

화려한 귀환

4

FUSION FANTASTIC STORY

월문선 장편 소설

도서출판 청어람

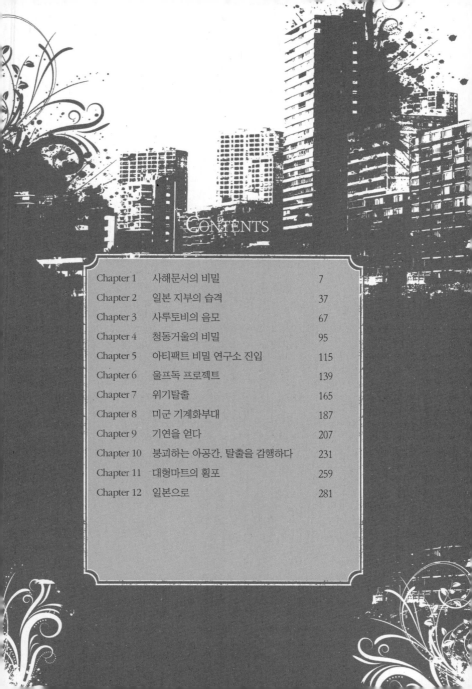

CONTENTS

제 1 장
사해문서의 비밀

슈우우우웅! 콰아아아앙!

바로 그때 붉은빛이 번쩍이는가 싶더니 공기가 찢어지는 파열음이 들렸다.

그리고 눈앞에 있던 생체 병기 중 하나가 폭발했다.

"이, 이게 무슨……?"

그 믿을 수 없는 광경에 현성은 놀란 표정을 지었다.

자신이 고생해서 쓰러뜨린 생체 병기가 단 일격에 폭발하다니?

철그럭.

폭발한 생체 병기는 둔탁한 쇳소리와 함께 자리에 주저앉

왔다.

"……!"

그 모습을 본 김태성의 눈이 기이하게 빛났다.

폭발한 생체 병기가 잔해를 남기고 있었으니 말이다.

키에에엑.

그리고 나머지 생체 병기들은 당황한 기색을 보이며 자기들끼리 무언가 대화를 나누는 모습을 보이는 게 아닌가?

그것도 잠시, 이내 생체 병기들 중 한 마리가 붉은빛이 날아온 방향으로 짐작되는 장소로 이동을 시작했다.

"지능이 있는 건가?"

그 장면을 본 김태성이 침음성을 흘렸다.

키에엑!

하지만 그 생각은 길게 이어지지 못했다.

총 세 마리의 생체 병기들이 붉은 눈을 빛내며 조사대를 노려보고 있었으니까.

다섯 마리에서 다행스럽게도 세 마리로 줄어들었지만, 그럼에도 지금 조사대가 처해 있는 상황은 절망적이었다.

비록 위저드급으로 추정되는 현성이 있었지만 생체 병기 중 한 마리를 쓰러뜨리는 것만으로도 벅찼다.

분명 눈앞에 있는 생체 병기들과 정면 대결을 벌인다면 전멸은 피할 수 없을 터.

그렇다면……!

“······.”

김태성은 조용히 신강현을 바라보며 눈짓했다.

그의 눈짓에 신강현은 일순 놀란 표정을 지었으나 이내 고개를 끄덕였다.

김태성의 의도를 알아차렸으니까.

신강현은 말없이 눈앞에 있는 생체 병기들을 노려보며 조용한 목소리로 중얼거렸다.

“샌드 오브 어스(Sand of Earth).”

*   *   *

숲 속 위 언덕.

지금 그곳에서 숲 속을 내려다보는 인원이 있었다.

“대령님. 저 괴물은 대체······?”

“흠······.”

마리사는 침음성을 흘렸다.

통칭 환영의 섬이라고 불리는 장소에 들어가기 위해 아공간 입구를 찾은 미군 기계화부대의 병사들.

그들은 환상의 섬에 상륙하고 나서 숲 속을 배회하는 킬러돌 같은 자립 기동형 아티팩트들과 살아 있는 시체로 변한 연구원들을 상대하며 마법 협회 한국 지부의 아티팩트 비밀 연구소를 향해 이동을 하고 있었다.

그 와중에 상당히 이질적인 생명체와 조우했다. 현성 일행이 상대하고 있는 생체 병기들이었다.

"대체 이곳에서 무슨 일이 벌어지고 있는 겁니까?"

마리사의 오른팔이자 기계화부대의 부대장을 맡고 있는 존 카터 소령이 긴장한 표정으로 말했다.

환상의 섬 내부 상황은 그의 상상을 초월하고 있었다.

현재 세계 각지의 고대 유적에서 벌어지고 있는 아티팩트 쟁탈전은 거의 대부분 마법 협회에서 파견한 마법사들과 경쟁을 하고 있는 형편이었다.

존 카터 소령은 당연히 이번 임무도 신화급 아티팩트를 지키려고 하는 한국 지부와 한판 벌이리라 예상하고 있었지만, 실상은 매우 달랐다.

정체를 알 수 없는 괴이한 현상과 생명체들이 숲 속을 배회하고 있었던 것이다.

"후……."

마리사는 존 카터 소령의 질문에 대답하지 않고 담배 연기를 길게 내뿜었다.

마리사 또한 존 카터 소령과 같은 심정이었다.

그리고 문제는 또 있었다.

마리사를 비롯한 기계화부대 병사들은 조금 전 현성이 생체 병기와 싸우는 장면을 멀리서 지켜봤다.

그 덕분에 생체 병기와 전투력과 현성의 능력을 어느 정도

분석할 수 있었으며, 결과는 놀라웠다.

기계화부대 전원이 달려들어야 생체 병기든, 현성이든 어느 한쪽을 상대할 수 있다는 결과가 나온 것이다.

그 때문에 기계화부대의 병사들은 현성을 요주의 인물로 낙인찍었다.

'하지만……'

마리사는 차가운 눈빛으로 숲 속에서 조사대 앞을 막아선 다섯 마리의 생체 병기를 노려봤다.

과연 자신들의 적은 어느 쪽이라 할 수 있을까?

정체를 알 수 없는 괴생명체일까? 아니면 마법 협회 한국 지부의 마법사들일까?

"존 소령."

"예."

"저 생명체를 잘 봐둬라. 저것이야말로 조국의 적이자, 전 인류의 적이다."

"예?"

마리사의 말에 존 카터 소령은 의아한 표정을 지었다.

그런 그를 뒤로하며 마리사는 피식 웃음을 흘렸다.

'설마 그 문서의 내용이 사실이었을 줄이야.'

눈앞에 있는 다섯 마리의 언노운 생명체들을 바라보며 그녀는 확신했다.

머지않아 세계를 뒤흔들 사건이 일어날 것이라고.

"메멘토모리의 준비는?"

"에너지 충전만 완료하면 언제든지 발사 가능 합니다. 지금 에너지 충전율 98%입니다."

"좋아."

존 카터 소령의 대답에 마리사는 매혹적인 미소를 지었다.

메멘토모리(Mementomori).

죽음을 상징한다는 의미다.

그리고 미군 기계화부대에 있어서 메멘토모리는 병기였다.

조국의 적을 쓸어버리기 위한.

마리사는 뒤에 서 있는 부하들에게 고개를 돌리며 말했다.

"목표 적 언노운 생명체."

"타깃 록온. 목표 적 언노운 생명체."

마리사의 등 뒤에는 길이가 3미터에 이르는 거대한 포가 있었다.

그것이 미군 기계화부대가 가지고 온 메멘토모리였으며, 대외적으로는 레일건(Railgun : 전자투사포)이라고 알려져 있는 물건이었다.

"에너지 충전 100%!"

잠시 후 에너지 충전을 완료했다는 부하의 보고가 들려왔다.

메멘토모리의 에너지 충전 시간은 약 15분.

현성이 생체 병기와 싸우고 있을 때부터 에너지 충전을 시작해서 이제야 완료한 것이다.

"우리들의 적에게 빛의 철퇴를."

마리사는 차가운 목소리로 뇌까렸다.

그 직후,

번쩍! 슈우우우우웅!

메멘토모리의 포구에서 응집되고 있던 붉은빛이 숲 속의 어둠을 가르며 생체 병기 중 한 마리를 향해 쇄도했다.

콰콰콰쾅!

그리고 이어지는 대폭발!

메멘토모리의 장렬한 붉은 일격은 생체 병기의 배리어조차 무참히 찢어발기고 직접 타격을 주었다.

단 일격에 생체 병기의 몸통을 꿰뚫은 것이다.

"목표 명중. 행동 불능 상태를 확인."

"열냉각 후 에너지 충전을 시작하겠습니다."

메멘토모리의 발사 후 기계화부대의 병사들은 부지런히 움직이기 시작했다.

그리고 생체 병기의 움직임을 확인하던 부하 한 명이 다급히 소리쳤다.

"목표 변화! 네 개체 중 하나가 이쪽으로 다가옵니다!"

부하의 외침에 마리사는 자신의 붉은 입술을 혀로 핥았다.

"전원 전투 준비."

마리사는 나직한 목소리로 말했다.

그녀의 말에 기계화부대의 병사들은 개인 화기들을 챙기며 응전태세를 갖췄다.

미군 기계화부대 병사들 중 어느 누구도 정체불명의 괴생명체를 상대해야 한다는 사실에 두려워하는 자는 없었다.

다만 즐거운 미소를 짓고 있을 뿐.

하긴 그럴 수밖에.

그들은 전원 화약과 피냄새가 진동하는 전장을 뒹굴며 살아남은 전쟁광들이었으니까.

전투는 그들에게 있어 두려움이 아니라 기쁨이며, 살아 있음을 확인하는 행위였다.

그들은 어둠 속에서 붉은빛의 궤적을 그리며 자신들을 향해 빠른 속도로 다가오는 생체 병기를 바라보며 뒤틀린 미소를 지었다.

*　　　*　　　*

"샌드 오브 어스(Sand of Earth)."

신강현은 눈앞에 있는 생체 병기들을 경계하며 조용히 중얼거렸다.

―Standing by.

그러자 그가 끼고 있는 회색 장갑에서 남성적인 기계음이 울려 퍼졌다.

"트랜스포메이션(Transformation)."

신강현의 회색 장갑에서 회색 마법진이 전개되었다.

이윽고 그의 장갑에서 회색빛이 손목을 타고 팔꿈치까지 올라오더니 금속 재질로 변했다. 신강현이 끼고 있던 회색 장갑이 회색 건틀렛으로 변한 것이다.

신강현은 회색 건틀렛의 손바닥을 앞으로 향해 내밀었다.

스스슷.

회색 건틀렛 손바닥에는 작은 원형 보석이 박혀 있었는데 지금 그곳에서 작은 입자들이 방출되고 있었다.

입자들의 정체는 다름 아닌 모래였다.

건틀렛 손바닥에 박혀 있는 원형 보석은 일종의 아공간 입구였으며, 그곳에 저장되어 있던 모래들을 방출하고 있는 것이다.

모래들 또한 그 자체가 아티팩트였으며, 마력을 통해 신강현의 마음대로 조종할 수 있었다.

"샌드 더스트(Sand Dust)!"

신강현은 건틀릿을 휘두르며 마법을 시전했다.

그러자 마나를 머금고 있는 모래들은 신강현의 의도대로 마치 의지를 가진 생명체처럼 생체 병기들의 주위를 맴돌았다.

그러다가 갑자기 넓게 확 퍼지더니 그대로 생체 병기들을 덮쳐들었다.

파츠츳!

모래들이 생체 병기들을 감싸기 시작하자 붉은색 배리어가 발동되었다. 붉은색 배리어와 모래들은 서로 맞부딪치며 스파크를 튀겼다.

"지금이다! 모두 이 자리에서 이탈하라!"

신강현의 모래들이 생체 병기들의 시야를 막자 김태성은 조사대를 향해 명령을 내렸다.

그의 말에 조사대들은 허겁지겁 몸을 피하기 위해 움직이기 시작했다.

신강현의 모래들은 마나를 머금고 있었기 때문에 전파 교란도 가능했으며, 무엇보다 생체 병기들이 발동시키고 있는 붉은색 배리어를 빈틈없이 에워싸고 있었다.

키에엑! 쾅! 콰앙!

시야를 차단당한 생체 병기들은 괴성을 지르며 날뛰었다.

"크으……."

주변에 있는 나무와 생체 병기들이 충돌할 때마다 신강현은 이를 악물고 신음성을 흘렸다.

그런 그의 얼굴에 벌써 땀이 한가득 흘러내리고 있었다.

모래들을 조종하는 신강현에게 생체 병기들이 날뛸 때마다 피드백이 돌아가고 있었기 때문이다.

'저런 아티팩트도 있었을 줄이야.'

현성은 모래를 조종하는 신강현을 신기한 눈으로 바라봤다.

아티팩트가 다양하기는 했지만, 거의 대부분이 마력을 증폭해 준다거나, 기초적인 원소 마법이 인챈트되어 있을 뿐이었다.

하지만 현대의 아티팩트들은 형태나 기능이 현성이 아는 것과는 차이가 있었다.

지금 눈앞에서 모래들을 조종하여 생체 병기들의 발을 묶고 있는 신강현의 아티팩트만 봐도 그렇지 않은가?

"현성 군. 빨리!"

현성이 신강현을 바라보며 머뭇거리자 속이 탄 김태성이 소리쳤다.

도망치려면 지금이 적기였다.

지금 현재 병력으로 눈앞에 있는 생체 병기들을 상대할 수 없었으며, 언제까지 신강현이 생체 병기들을 붙잡고 있을지 알 수 없었다.

당장 도망쳐도 모자를 판국에 현성이 머뭇거리고 있자 김태성은 속이 탔다.

"먼저 가세요."

하지만 현성은 손을 흔들 뿐이었다.

'지금의 나로서는 저놈들을 상대할 수 없어.'

무려 세 마리의 생체 병기들.

그것들을 현성 혼자서는 상대하기 힘들었다. 설령 조사대의 지원을 받는다고 하더라도 사상자와 나올 뿐 도움이 되지 않는다.

바로 빌어먹을 붉은색 배리어 때문에.

모든 공격을 막아내는 배리어를 뚫지 못하는 한 생체 병기를 쓰러뜨릴 수 없었다.

'그리고 이대로 간다면……'

어느덧 레드폭스 중대를 비롯한 조사대의 대부분은 생체 병기가 있는 장소로부터 이탈해 있었다.

하지만 모래를 조종하고 있는 신강현은 정신을 집중하고 있어야 하는 탓에 자리에 붙박인 듯 움직이지 못했다.

이대로라면 조사대들은 무사히 생체 병기들로부터 도망칠 수 있겠지만 신강현은 그러지 못할 터.

"다른 사람들을 데리고 여기서 탈출하도록 하세요. 저희는 따로 움직이겠습니다."

현성은 김태성에게 소리쳤다.

조사대를 도망시키기 위해 신강현을 희생시킬 수 없었다.

현성은 남아서 신강현과 함께 도망 칠 생각이었다.

'한 명 정도라면 어떻게든 할 수 있을 테니까.'

조사대 전원을 데리고 도망친다고 하면 아무리 현성이라고 해도 희생자를 내지 않을 자신이 없었다.

그만큼 생체 병기는 강했다.

하지만 정말 다행스럽게도 신강현의 아티팩트는 생체 병기들의 움직임을 봉인하는데 적격이었다.

그 덕분에 현성은 어떻게든 신강현 혼자만 구해내면 되었다.

"……."

현성의 외침에 김태성은 잠깐 생각하더니 이내 고개를 끄덕였다. 현성의 실력을 믿은 것이다.

그리고 김태성도 이런 곳에서 허무하게 신강현을 잃고 싶지 않았다. 신강현은 마법 협회 한국 지부에서 여러모로 도움이 되는 인재였으니까.

그렇게 김태성을 비롯한 조사대들은 생체 병기들이 있는 장소에서 이탈했다.

"그럼……."

현성은 모래에 휩싸여 있는 생체 병기들을 바라봤다.

목표물을 포착하지 못하고 있는 생체 병기들이 괴성을 지르며 마구잡이로 날뛰고 있었다.

"크헉!"

그리고 드디어 신강현이 한계에 다다랐는지 피를 토하며 무릎을 꿇었다.

파스스.

그 직후 모래들은 신강현의 건틀렛 손바닥에 붙어 있는 원형 보석으로 모여들었다.

키에엑!

드디어 모래들의 주박으로부터 풀려난 생체 병기들은 붉은 눈빛을 희번덕이며 주변을 살폈다.

그리고 현성과 정신을 잃고 있는 신강현을 향해 무서운 속도로 달려들었다.

"블링크(Blink)."

하지만 현성은 신강현을 어깨에 걸치고 단거리 공간 이동 마법을 펼쳤다.

콰앙!

조금 전 현성과 신강현이 있던 자리로 생체 병기들의 낫처럼 생긴 앞발이 지면에 꽂혔다.

"헤이스트(Haste)."

그 장면을 3미터 뒤에서 바라본 현성은 이내 헤이스트 마법을 걸었다. 그리고 조금 전보다는 약간 더 빠른 속도로 생체 병기들로부터 이탈하기 시작했다.

푸슝! 푸슈웅!

하지만 생체 병기들 또한 만만치 않았다.

현성의 등 뒤로 붉은색 레이저들이 빗발치기 시작한 것이다. 일부는 현성의 주변을 포격하며 폭발을 일으켰고, 일부는 현성의 등 뒤를 거머리처럼 쫓아왔다.

"큭! 또 호밍 레이저인가?"

신강현을 어깨에 들쳐 메고, 마력이 부족한 현성의 이동속도는 결코 빠르다고 할 수 없었다. 그런 상황에서 현성을 쫓고 있는 붉은색 레이저는 위협적이기 짝이 없었다.

"블링크(Blink)!"

쾅! 콰쾅!

현성은 레이저가 몸에 닿기 직전 아슬아슬한 차이로 단거리 공간 이동 마법으로 공격을 피했다.

'제길, 이래서는 텔레포트를 쓸 겨를이 없군.'

텔레포트는 단거리 공간 이동 마법인 블링크와 다르게 장거리를 공간 이동 할 수 있는 4클래스 마법이었다.

블링크의 경우 현성은 순간적으로 구현, 시전할 수 있었다.

하지만 텔레포트는 장거리 공간 이동인데다, 4클래스 마법이었기에 짧긴 해도 정신을 집중할 시간이 필요했다.

하지만 생체 병기들의 레이저 공격은 그러한 시간을 현성에게 주지 않았다.

'그렇다면 이대로 뿌리칠 수밖에.'

그렇게 결정을 내린 남아 있는 마나들을 쥐어 짜냈다.

"파이어 애로우(Fire Arrow)! 파이어 랜스(Fire Lance)!"

현성은 머리 위로 화염으로 이루어진 화살과 창들을 구현해 생체 병기들을 향해 날렸다.

쾅! 콰쾅!

화염의 화살과 창들은 생체 병기들의 붉은색 배리어와 접촉하며 폭발을 일으켰다.

"트리플 블링크(Triple Blink)!"

그 틈을 이용하여 현성은 블링크를 시전하며 3번 연속 점프를 시도했다.

그리고 마나가 되는 대로 다시 또 연속 점프를 시도하며 생체 병기와 거리를 벌렸다.

"허억, 허억."

얼마 되지 않는 마나로 순식간에 여러 마법을 다중 시전한 현성은 숨이 턱까지 차올랐다.

현성은 잠시 자리에 멈춰 서서 숨을 골랐다.

그 짧은 시간 생체 병기들은 조금 전 현성이 시전한 화염의 화살과 창들의 폭염을 뚫고 쇄도해 왔다.

눈 깜짝할 사이에 현성의 목전까지 쳐들어온 생체 병기들.

쉬이익! 푸슈우웅!

생체 병기들은 낫처럼 생긴 앞발을 휘두르는가 하면, 어깨에서 생체 기관을 돌출시켜 고출력 레이저로 공격을 가해오기도 했다.

일촉즉발의 상황.

생체 병기들의 공격이 덮쳐들려는 찰나, 현성은 희미한 미소를 지었다.

"텔레포트(Teleport)."

순간 현성과 신강현의 모습이 사라졌다.

그 직후.

콰아앙!

생체 병기들의 공격이 허공을 가르고 지면에 꽂히며 폭발이 일어났다.

키에에에엑!

치솟아오르는 흙먼지 속에서 생체 병기들의 화가 난 듯한 괴성이 숲 속 전체에 울려 퍼졌다.

*   *   *

"……."

현성과 신강현이 힘겹게 생체 병기들로부터 도망치고 있을 무렵. 그들보다 한 발 먼저 탈출한 조사대는 패잔병 같은 몰골로 숲 속을 걷고 있었다.

"대장님."

묵묵히 길을 걷고 있던 이진혁이 침묵을 깨고 입을 열었다. 그의 말에 조사대 일행은 잠시 발걸음을 멈췄다.

"이제 어떻게 할 생각입니까?"

"……."

이진혁의 말에 김태성은 아무런 대답을 하지 않고 생각에 잠겼다.

'상황은 예상대로다. 하지만…….'

김태성은 식은땀을 흘렸다.

아티팩트 비밀 연구소의 연구원들이 세운 가설.

그것을 입증하듯이 그것들이 환상의 섬 내부를 존재했다.

거기까지는 예상대로였다.

하지만 한가지 예외가 있었다.

'너무… 강해.'

설마 정체불명의 생명체들이 이렇게까지 강할 줄이야.

자신들로서는 손도 쓰지 못할 정도가 아니던가?

만약 현성이 없었다면 전멸을 면치 못했을 것이다.

하지만…….

"이대로 임무를 포기할 수 없다."

"진심… 입니까?'

김태성의 확고부동한 말에 이진혁은 질렸다는 표정을 지었다. 조금 전 모두 보지 않았던가?

위저드급 마법사가 고전하면서 겨우 쓰러뜨렸던 생체 병기가 무려 다섯 마리나 나타났다.

이대로 임무를 계속하는 건 자살행위나 다름없었다.

"부대를 전멸시킬 생각입니까?"

"임무에 변동은 없다. 청동거울을 회수하지 않는 이상 돌아갈 생각은 하지 마라."

"……!"

김태성의 차가운 말에 조사대의 표정이 흔들렸다.

지금 그 말은 이대로 임무를 속행하겠다는 소리가 아닌가?

"그렇다면 우리들은 이 임무에서 손을 떼겠습니다. 자살을 하려거든 혼자 하십시오."

이번에는 신성일 중위가 강수를 들고 김태성에게 엄포를 놓았다.

생체 병기 앞에서 레드폭스 중대는 아무것도 할 수 없었다. 지금 이렇게 살아 있다는 사실이 기적이었다.

'그가 아니었다면 골백번은 더 죽었을 테지.'

만약 레드폭스 중대로만 생체 병기를 상대하게 되었다면 순식간에 전멸 당했을 것이다.

다행히 위저드급 마법사인 현성이 있었기에 생체 병기 한 마리를 격퇴할 수 있었으며, 신강현 덕분에 어떻게 도망을 칠 수 있었다.

그리고 그게 지금 조사대가 가진 전력의 한계였다.

이 이상 임무를 계속한다면 이진혁의 말대로 전멸을 피할 수 없었다.

쉬익! 콱!

"헉!"

순간 신성일 중위는 화들짝 놀라며 한 걸음 물러섰다.

군화를 신고 있는 자신의 발 바로 옆에 컴뱃 나이프 한 자루가 날아와 박혔기 때문이다.

단지 그것 때문이라면 이렇게 놀라지 않았다.

지면에 박혀 있는 컴뱃 나이프를 중심으로 새하얀 냉기가 흘러나오며 모든 것을 얼려가고 있었던 것이다.

아이스 컴뱃 나이프.

김태성이 가지고 있는 유니크급 아티팩트였다.

"불복종은 용납하지 않겠다. 무슨 일이 있어도 우리들은 청동거울을 회수하고 본부로 돌아간다. 알겠나?"

김태성은 신성일 중위를 노려보며 싸늘하게 말했다.

그리고 지면에 박혀 있는 아이스 컴뱃 나이프를 향해 손을 내밀었다.

그러자 아이스 컴뱃 나이프는 마치 살아 있는 생명체처럼 김태성의 손 안으로 날아들었다.

자유자재로 조종하며 새하얀 냉기를 내뿜는 김태성의 아티팩트, 아이스 컴뱃 나이프.

인간 정도는 순식간에 동사시킬 수 있었다.

"당신이란 인간은……."

신성일 중위는 혐오스러운 눈빛으로 김태성을 바라봤다.

이런 자살 같은 미션을 포기하지 않고 속행하겠다니!

"원망하려면 얼마든지 나를 원망해도 좋다. 임무만 완수할 수 있다면 말이야."

조사대의 임무는 아티팩트 비밀 연구소의 조사와 신화급 아티팩트인 청동거울의 회수.

하지만 환상의 섬 상황은 예상대로였긴 했지만, 생각 이상으로 최악이었다.

어디 그뿐인가?

조금 전 붉은빛이 생체 병기 한 마리를 쓰러뜨렸다.

그 말은 자신들 외에도 다른 조직이 환상의 섬에 있다는 소리였다.

'일본 지부가 아니면 다른 강대국에서 보낸 것일 테지. 조금 전의 공격을 본다면 미국인가?'

정체불명의 생명체를 단번에 꿰뚫은 붉은빛의 일격.

김태성이 알고 있는 조직 중에서 정체불명의 생명체에게 타격을 줄 수 있는 공격력을 가진 조직은 미국 쪽밖에 없었다.

'아마 마법 협회 미국 지부에서 파견한 미군 기계화부대일지도 모르겠군.'

김태성은 그렇게 잠정적으로 결론을 내렸다.

이로써 한국 지부뿐만이 아니라 청동거울을 노리고 있는 다른 세력이 있다는 사실을 알았다.

어쩌면 미국 지부뿐만이 아니라 일본 지부에서도 청동거울을 회수하기 위해 비밀 요원들을 투입했을지도 모르는 일.

하지만 그에 대한 걱정을 김태성은 하지 않았다.

'여기까지는 전부 예정대로다. 하지만……'

문제는 정체불명의 생명체들이었다.

그 때문에 김태성은 임무에 변동이 생겼음을 직감했다.

생각한 것보다 정체불명의 생명체들이 지닌 전투력이 상

상을 초월하고 있었으니까.

다른 세력이 청동거울을 노리고 있다는 사실보다, 지금 현재 환상의 섬에서 활개를 치며 돌아다니고 있는 정체불명의 생명체들이 문제였다.

어쩌면 임무를 하나 더 추가해야 될지도 몰랐다.

청동거울을 회수하는 것뿐만이 아니라, 정체불명의 생명체도 막아야 한다는 것으로 말이다.

그것을 위해서라면 김태성은 얼마든지 비난과 욕설을 감수할 생각이었다.

필요하다면 부하들의 희생까지도.

"……."

김태성의 변하지 않는 태도에 신성일 중위를 비롯한 레드폭스 중대원들과 이진혁, 이진영 남매는 서로 눈짓을 교환을 했다. 김태성을 제외한 나머지 조사대 대원들은 이대로 임무를 계속할 생각도, 이유도 없었다.

아무리 신화급 아티팩트가 중요하다고 해도 목숨을 버려 가면서까지 회수할 가치를 느끼지 못한 것이다.

"그렇다면 납득할 만한 이유를 말하십시오. 그렇지 않으면 이 임무에서 빠지겠습니다."

"저희들도 마찬가지입니다."

신성일 중위와 이진혁은 김태성을 노려보며 말했다.

마법 협회 한국 지부의 조직도 상하관계가 있지만, 군대처럼 절대적이진 않았다.

그리고 마법사들과 아티팩트 회수팀의 전투부대는 서로 협력관계지 철저한 상명하복의 관계도 아니었다.

김태성이 조사대의 리더이기는 하나 무조건적으로 따를 필요는 없었다.

"어리석은……."

김태성은 차가운 눈빛으로 조사대를 노려봤다.

지금 같은 상황에서 조사대가 자신의 명령을 따르지 않는다면 어떻게 될까?

환상의 섬에서 벌어지고 있는 일을 막지 못할 것이다.

그렇게 되면 이 세계에 무슨 일이 생길지 알 수 없었다.

"도저히 이해할 수 없군요. 어째서 그렇게 회수 임무에 집착하시는 겁니까?"

"부하들의 생명보다 임무가 중요하다는 겁니까?"

신성일 중위는 레드폭스 중대의 대표로서, 이진혁은 김태성과 현성을 제외한 마법사들 대표로서 자신들의 의견을 피력했다.

그러자 그들의 말을 조용히 듣고 있던 김태성은 결국 폭발하고 말았다.

"그렇다! 네놈들의 목숨보다 청동거울의 회수가 더 중요하단 말이다! 그렇지 않으면 이 세계가 어떻게 될지 알 수 없으니까!"

지금까지 무표정한 얼굴로 차가운 말만 하던 김태성이 격한 감정을 보이며 소리치자 조사대들은 놀란 표정을 지었다.

하지만 아직 김태성의 말은 끝나지 않았다.

"네놈들도 어깨 위에 있는 머리가 장식품이 아니라면 잘 생각해 봐라. 어디서 저런 정체를 알 수 없는 괴물들이 나타났는지를. 너희들은 저 괴물들이 지구상에 존재하는 생명체라고 생각하나?"

"그게 무슨……?"

김태성의 열변에 조사대들은 어안이 벙벙한 표정을 지었다.

지금까지 자신들이 상대했던 괴생명체들이 어디서 나타난 거라니?

조사대의 대원들은 자신들이 상대했던 괴생명체들이 무엇이고 어디서 온 건지 생각조차 하지 않았다.

그런 생각을 할 여유가 없었던 것이다.

당장 눈앞에 있는 괴물들로부터 살아남는 게 중요했으니까.

"설마?"

가장 먼저 이진혁이 김태성의 말로부터 한가지 사실을 유추해냈다.

지구상에 존재할리 없는 생명체.

그리고 김태성이 청동거울의 회수에 목을 메고 있는 이유.

"청동거울과 그 생명체들이 서로 관계가 있다는 말입니까?"

"그렇다. 지금 이곳에서 벌어지고 있는 상황을 보면 틀림없겠지."

"그런 터무니없는……."

이진혁은 놀란 표정으로 입을 벌렸다.

청동거울과 정체불명 생명체의 관계.

그것의 의미는 즉…….

"자세한건 아티팩트 비밀 연구소에 가봐야 알 수 있다. 하지만 이 상황은 3클래스 유저인 네놈도 충분히 알 수 있을 텐데? 네놈이 가진 권한이라면 말이야."

"제가 가진 권한이라니 그게 무……?"

순간 이진혁은 숨이 멎을 것 같은 표정을 지었다.

"서, 설마 이 상황이 사해문서에 나오는 그……?"

"그렇다."

"헉……."

고개를 끄덕이며 대답하는 김태성의 말에 이진혁은 털썩 자리에 주저앉았다.

"사, 사해문서라니……."

이진혁은 숲 속 바닥에 주저앉은 채 정신이 나간 사람처럼 멍한 얼굴로 중얼거렸다.

그런 그를 조사대는 의아한 얼굴로 바라볼 뿐이었다.

왜냐하면 사해문서에 관한 내용은 마법 협회 한국 지부에서 3클래스 유저 이상의 마법사에게만 공개되어 있는 비밀 정보였으니까.

2클래스 유저인 이진영은 물론 신강현도 사해문서에 대한 건 모르고 있었다.

그리고 마법사가 아닌 아티팩트 회수팀의 전투부대인 레드폭스 중대도 알 리가 없었다.

또한, 최근 4클래스 마스터로 인정받은 현성도 마법 협회에 들어온지 얼마 되지 않은 탓에 사해문서에 대한 건 알지 못했다. 그 때문에 조사대는 이진혁의 행동을 이해할 수 없었다.

그렇게 한참동안 멍한 얼굴로 정신이 나간 것처럼 사해문서라는 단어를 중얼거리던 이진혁은 말을 더듬거리며 입을 열었다.

"나, 나는… 대장의 의견에 따르겠다. 이, 임무는 무조건 완수해야 돼."

"그게 무슨 말이야, 오빠?"

이진혁의 말에 이진영은 놀란 얼굴로 되물었다.

불과 조금 전까지도 해도 신성일 중위와 함께 김태성의 명령에 반대를 하지 않았던가?

그런데 이제 와서 임무를 완수해야 된다는 말을 하다니?

하지만 여전히 이진혁은 정신을 온전히 차리지 못한 상태였다.

이번에는 그저 임무를 완수해야 된다는 소리만 반복하고 있었다. 그만큼 사해문서라는 말은 이진혁에게 있어서 충격적이었으리라.

"대체 사해문서라는 게 뭐죠?"

이진영은 사해문서라는 말에 정신이 나간 듯한 행동을 보이고 임무를 완수해야 한다는 말만 반복하고 있는 이진혁의 모습에 김태성을 노려보며 쏘아붙이듯이 말했다.

"진실을 알고 싶나?"

"네."

"그렇다면 아티팩트 비밀 연구소에 가서 직접 눈으로 확인해봐라. 그럼 어째서 우리가 임무를 완수해야 되는지 자연히 알게 될 테니까."

"……."

김태성의 말에 이진영은 고운 얼굴을 찌푸리며 그를 노려봤다. 이유가 어찌 되었든간에 결국 이 자살 같은 미션을 해야 된다는 소리였기 때문이다.

"그럼 한가지만 대답해 주세요."

"뭐지?"

"만약 우리가 임무를 완수하지 못하면 어떻게 되나요?"

"어떻게 되냐고?"

이진영의 질문에 김태성은 피식 웃음을 흘리며 자조적인

미소를 지었다.

그리고 덜덜 떨리는 손으로 품속에서 담배를 꺼내 불을 붙이려 했다.

"제길."

하지만 떨리는 손 때문에 담배에 불이 잘 붙지 않았다.

찰칵찰칵.

몇 번의 시도 끝에 불을 붙이는데 성공한 김태성은 담배 연기를 폐부 깊숙이 빨아 당긴 후 길게 내뿜었다.

그리고 조사대를 둘러보며 충격적인 한마디를 던졌다.

"어쩌면 세계가 파멸할지도 모르지."

제 2 장
일본 지부의 습격

"후……."

어둠 속에 잠겨 있는 숲 속.

주변의 안전을 확인한 현성은 안도의 한숨을 내쉬었다. 종이 한 장의 차이로 생체 병기들의 공격을 겨우 피해냈다.

만약 조금만 더 텔레포트 마법의 발동이 늦었으면 어떻게 되었을지 생각만 해도 등골이 서늘했다.

'이제 어떻게 하지?'

현성은 어깨에 짊어지고 있던 신강현을 땅바닥에 내려놓으며 생각에 잠겼다. 정체를 알 수 없는 괴생명체들이 얼마나 환상의 섬에 있을까?

한 마리만 있어도 위협적이기 짝이 없는 괴생명체가 한 번에 무려 다섯 마리나 나타났다.

그런 식으로 여러 마리가 몰려다닌다면 아무리 현성이라고 해도 승산이 없었다.

'일단 마나부터 회복해야 돼.'

생체 병기 한 마리와 싸우고, 조금 전 세 마리나 되는 생체 병기들을 피해 4클래스 마법인 텔레포트까지 쓴 현성의 마나는 완전히 바닥을 치고 있었다.

더 이상 마법을 쓸 마나가 남아 있지 않았다.

지금 이 상황에서 만약 생체 병기와 마주친다면 꼼짝없이 당하리라.

거기다 지금 현성에게는 신강현이라는 짐까지 있었다.

'지금은 마나 회복부터 해야겠군.'

그렇게 결정을 내린 현성은 땅바닥에 마법진을 그리기 시작했다. 마나를 한곳에 집속시켜주는 기능을 가진 마법진이었다.

얼마 지나지 않아 마법진을 완성한 현성은 그 안에서 가부좌를 틀고 앉았다.

지금은 안전한 장소에서 단 10분이라도 마나를 회복해두는 편이 나았다.

나중에 무슨 일이 벌어질지 알 수 없었으니까.

그렇게 현성은 마나를 회복하기 위해 명상을 시작했다.

그 순간.

'이, 이건……?'

현성은 놀란 표정으로 눈을 떴다.

마나 회복을 하기 위해 명상에 들었던 현성은 뜻밖의 사실을 알게 된 것이다.

"이거라면……."

현성은 살짝 입꼬리를 말아 올렸다.

그리고 이내 무아지경에 빠져들며 마나 회복을 시작했다.

*　　　*　　　*

스스슥.

어둠에 물든 숲 속을 헤치며 검은 인영의 무리가 전진을 하고 있었다.

마법 협회 일본 지부에서 파견한 암살자 부대.

통칭 닌자라고 불리는 무리들이었다.

그들은 일본 지부에서 목숨을 걸고 알아낸 아공간 입구 위치 정보를 토대로 환상의 섬에 상륙했다.

그리고 한국 지부와 마찬가지로 살아 있는 시체가 된 아티팩트 비밀 연구소의 연구원들과 조우했으며, 그 외에 위험 지정된 아티팩트들과도 전투를 벌였다.

한국 지부에서 파견한 조사대와 한가지 다른 점이 있다면 생체 병기들과 만나지 않았다는 사실이었다.

그 덕분에 그들은 몇 명이 경미한 부상을 입었을 뿐 별다른 인명피해 없이 환상의 섬 깊숙이 침투할 수 있었다.

"사루토비 님. 대체 이곳에서 무슨 일이 있었던 것일까요?"

"어리석은 조센징들이 신들의 영역에 발을 들이밀려고 하다가 사고가 일어났나 보지."

사루토비는 자신의 오른팔인 카케이 사이조의 물음에 피식 웃으며 답했다.

환상의 섬에서 벌어지고 있는 일들은 확실히 놀라웠다.

정규적이고 체계화되어 있는 마법 협회 한국 지부의 방해가 있을 거라 생각했지만, 정작 그들을 맞이한 건 이미 죽어 있는 아티팩트 비밀 연구소의 연구원들이었으니까.

거기다 위험 지정된 아티팩트까지 자립 기동을 하면서 습격을 해왔다.

그 때문에 키리카쿠레 사루토비는 마법 협회 한국지부의 아티팩트 비밀 연구소에서 무슨 일이 생겼다고 판단했다.

그리고 그것은 필시 청동거울, 아니 자신들이 야타노카가미(팔지경:やたのかがみ)라고 부르는 신화급 아티팩트로 인해 생긴 일일 터.

"그건 함부로 다룰 수 있는 물건이 아니지. 야타노카가미는 신들의 세상인 타카마가하라에 도달하기 위한 도구니까 말이야."

사루토비는 씩 미소를 지었다.

그는 자신들의 손에 야타노카가미가 들어온 다는 사실을 추후도 의심치 않았다.

오히려 당연하다고 생각하고 있었다.

지금까지 자신들이 야타노카가미를 손에 넣지 못한 것은 한국 지부가 비겁하게 숨기고 있었기 때문이었으니 말이다.

'감히 대일본제국의 물건을 가로채다니!'

사루토비는 한국 지부 놈들을 떠올리며 이를 갈았다.

그놈들은 자신들의 신화에 등장하는 삼신기 중 하나인 야타노카가미를 비겁하게 가로채고 비밀리에 연구까지 했다.

그 점이 사루토비는 마음에 들지 않았다.

"빌어먹을 조센징 놈들만 아니었다면 지금쯤 우리 일본 지부는 타카마가하라에 도달해 있을지도 모르지."

"그러게 말입니다. 하지만 지금 이 상황을 보면 대일본제국의 천벌을 받은 것 같지 않습니까? 분수에 맞지 않게 대일본제국의 물건에 손을 댄 탓에 그들은 죽은 것도 아니고 산 것도 아닌 살아 있는 시체로 되어 있었으니 말입니다."

"그렇긴 하지."

사루토비는 사이조의 말에 흡족한 표정을 지으며 맞장구쳤다. 마법 협회 한국 지부가 자신들의 물건을 가로챘다는 사실이 마음에 들지는 않았지만, 그 결과 천벌이라도 받은 것 같은 한국 지부 연구원들의 모습에 어느 정도 마음이 풀렸다.

"남은 건, 야타노카가미를 무사히 회수해서 일본으로 돌아가는 것뿐이다. 절대 임무를 실패해서는 안 된다."

"맡겨만 주십시오. 이 카케이 사이조. 목숨을 걸어서라도 반드시 야타노카가미를 회수하겠습니다."

"당연히 그래야지."

키리카쿠레 사루토비와 카케이 사이조는 서로 마주보며 기분 나쁜 웃음을 흘렸다.

그때 사루토비의 눈에 어둠 속에서 우뚝 솟아 있는 건물이 보였다.

"드디어 보이기 시작하는군."

사루토비는 미소를 지으며 건물을 바라봤다.

"저곳이로군요. 우리들의 삼신기가 있는 곳은."

마법 협회 한국 지부의 비밀 아티팩트 연구소.

지금 일본 지부에서 투입한 닌자부대의 앞에 있는 건물의 명칭이었다.

하지만 아직 어느 정도 거리가 있는 탓에 사루토비를 필두로 한 닌자부대는 어둠 속을 가르며 빠르게 건물을 향해 이동을 시작했다.

*　　　*　　　*

"드디어 도착했군요."

그 무렵 마법 협회 한국 지부에서 파견한 조사대는 우뚝 솟아 있는 하얀색 건물 앞에 있었다.

김태성의 집념으로 조사대는 임무를 계속하기로 결정을 한 것이다.

그 결과 지금 그들은 아티팩트 비밀 연구소에 도착해 있었다.

"여기까지 온 이상 발뺌할 수는 없겠네요."

이진영은 을씨년스럽게 서 있는 하얀색 건물을 바라보며 말했다. 팔짱을 끼고 있는 그녀는 추위 때문인지 아니면 다른 이유 때문인지는 몰라도 몸을 살짝 떨고 있었다.

하긴, 그럴 수밖에.

이곳에 도달하기까지 숲 속에서 다양한 일들을 겪어왔다.

하물며 지금 눈앞에 있는 하얀 건물은 이번 일의 발상지였으며, 그런 곳에 자신들은 돌입을 하려하고 있는 것이다.

분명 연구소 내부에는 조사대로서도 전혀 짐작할 수 있는 일들이 기다리고 있을 터.

단지 그것뿐이라면 걱정할 필요가 없겠지만, 문제는 목숨을 걸어야 한다는 사실이었다.

만약 연구소 내부에 숲 속에서 만난 정체불명의 생명체가 기다리고 있다면 조사대로서는 얼마 버티지 못할 테니까.

긴장이 되지 않을 수 없었다.

"주변은 어떤가?"

"아직 아무것도 발견되지 않았습니다."

"흠……."

이진혁의 말에 김태성은 생각에 잠겼다.

이번 일의 발상지인 연구소 주변은 이상하리 만큼 조용했다.

조사대의 입장에서는 다행스러운 일이었지만, 긴장을 늦출 수 없었다.

마치 폭풍전야 같았으니까.

거기다 아직 조사대의 핵심인 현성이 합류하지 않았다.

신강현은 둘째 치더라도 현성 없이 연구소로 돌입한다면 임무에 지장을 초래할 수 있었다. 조사대만으로 대처할 수 없는 상황에 직면할 수도 있으니 말이다.

그 때문에 김태성은 고민했다.

현성을 빼고 지금 당장 연구소에 돌입을 할 것인지, 아니면 기다렸다가 현성이 합류하면 돌입을 할 것인지.

쌔애액!

"……!"

바로 그때 조사대를 향해 무언가가 파공성을 내며 날아들었다. 이내 그것은 근처에 있던 나무에 박혔다.

팍! 부르르!

"이, 이것은?!"

김태성은 나무에 꽂힌 것을 바라봤다.

그것은 십자형처럼 생긴 날카로운 무기였다.

"수리검?"

김태성은 나무에 꽂힌 물건의 정체를 단번에 눈치챘다.

나무에 박혀 있는 그것은 일본의 닌자들이 주로 쓰는 무기였던 것이다.

"일본 지부도 와 있었군."

김태성은 탐탁지 않은 표정을 지었다.

일본 지부가 와 있을 거라고 예상은 하고 있었다.

하지만 그동안 한국을 상대로 수작을 부리는 그들이 마음에 들지 않았다.

불과 얼마 전만 해도 일본 야쿠자 조직인 극동회를 이용하여 대한민국에 마약과 일본 엔화 위조지폐를 뿌리려고 하지 않았던가?

그 와중에 환상의 섬이 숨겨져 있는 아공간 입구를 알아내기 위해 일본 지부의 첩자가 움직이고 있다는 사실을 한국 지부에서는 잘 알고 있었다.

아니, 그들에게 정보를 흘린 건 다름 아닌 자신들이었다.

아무리 마음에 들지 않는 놈들이라고 해도 이용할 가치는 있었으니까.

쉬이익!

"큭! 피해라!"

다시 한 번 어둠 속에서 십자형 수리검들이 조사대를 향해 날아들었다.

날카로운 예기를 가진 십자형 수리검들은 공기를 찢으며 쇄도해 왔다.

"크악!"

십자형 수리검들은 레드폭스 중대원들의 팔이나 다리 등을 스치고 지나갔다.

그와 동시에 붉은 피가 허공에 뿌려졌다.

타타탕!

한 박자 늦게 레드폭스 중대원들은 십자형 수리검이 날아온 방향으로 응전 사격을 가했다.

부상을 입은 중대원은 동료들의 도움을 받아 나무 뒤에 몸을 숨겼다. 나머지 중대원들은 쉴 새 없이 총탄을 퍼부어댔다.

공기를 찢는 파공성과 화약 냄새가 진동을 한다.

"사격 중지."

잠시 후, 시끄러운 총성이 멎었다.

"쓰러뜨린 건가?"

신성일 중위는 개인 장비 중 야간 투시경을 쓰고 수풀 너머를 바라봤다. 초록색 배경 속에서 움직이고 있는 것은 없었다.

일본 지부의 닌자들의 행적은 묘연했다. 그들이 어디에 숨어 있는지 인기척조차 느껴지지 않았다.

하지만 조사대들은 긴장의 끈을 풀 수 없었다.

일본 지부에는 일기당백(一騎當百)의 정예 부대가 존재한다.

사무라이 부대와 닌자부대다.

그중 조사대와 대치 중인 닌자부대는 적국의 잠입과 암살에 특화된 부대였으며, 전투 능력 또한 사무라이 부대 못지않은 암살자 집단이었다.

한순간의 틈으로 쥐도 새도 모르게 목이 날아갈지도 몰랐다.

"……."

기묘한 정적이 조사대 사이를 맴돌았다.

기분 나쁠 정도로 숲 속은 조용했다.

그와 동시에 조사대의 긴장도 올라갔다. 조금 전 사격으로 닌자들이 당하지 않았다는 것쯤은 잘 알고 있었으니 말이다.

"윽!"

순간 레드폭스 중대원 중 한 명이 신음성을 지르며 털썩 쓰러지는 게 아닌가?

"이상재 하사!"

신성일 중위가 바닥에 쓰러진 중대원의 이름을 부르며 소리쳤다.

"으으……."

이상재 하사는 바닥에 쓰러진 채 신음을 흘렸다. 다행히 죽지는 않았지만, 옆구리에서 피가 흘러나오고 있었다.

어느 틈엔가 닌자의 공격을 당한 모양이었다.

그리고 그의 모습은 한눈에 봐도 위중해 보였다.

"어디냐! 이 망할 놈들아!"

레드폭스 중대원들은 사방팔방으로 총질을 해대기 시작했다.

하지만 총탄은 허무하게 허공만 갈랐다.

닌자들은 타고난 암살자들로 조용히 다가와 대상을 암살하고 사라진다.

바로 이 점이 닌자들의 무서움이었다.

"진영아."

"알고 있어!"

이진영은 이진혁의 부름에 신경질을 부렸다.

지금 벌어지고 있는 일이 그녀에게 스트레스를 주었던 것이다. 그리고 이진영은 이진혁이 자신을 왜 불렀는지 알고 있었다. 그녀는 쓰러져 있는 이상재 하사에게 다가가 치유마법을 걸었다.

"힐(Heal)!"

연두색 빛이 그녀의 손에서 흘러나와 이상재 하사의 상처로 스며들었다.

"힐(Heal)!"

이진영은 연거푸 1클래스 힐 마법을 쓰며 이상재 하사를 치료했다.

하지만 바닥에 쓰러진 이상재 하사에게서 아무런 반응이 느껴지지 않았다.

이진영은 이상재 하사의 맥박을 짚어봤다.

"......"

그리고 이내 이진혁을 바라보며 고개를 흔들었다.

이제 20대 후반으로밖에 되어 보이지 않는 청년이 허무하게 생명을 잃은 것이다.

"제기랄!"

이진혁은 분개했다.

"이 자식들 용서하지 않겠다!"

그렇지 않아도 이진혁은 마법 협회 일본 지부를 좋지 않게 보고 있었다.

그런 마당에 일본 지부 닌자들의 손에 레드폭스 중대원 한 명이 죽어나가자 이진혁은 눈이 돌아갔다.

"라이트!"

이진혁은 1클래스 기본 마법인 라이트를 시전했다.

속성 전용 마법은 2클래스부터 배우기 때문에 1클래스 중 기본적인 마법은 누구나 사용할 수 있었다.

화아악!

조사대의 머리 위로 밝게 빛나는 광구가 하나 생겨났다.

이진혁이 시전한 라이트 마법이었다.

"……!"

그러자 빛의 광구 아래로 나무에 매달려 있는 검은색 암행복 차림을 한 일본 닌자들의 모습이 드러났다.

하얀빛 아래에 자신의 모습이 드러나자 닌자들은 반사적으로 빠르게 도망을 치려고 했다.

"쏴라!"

하지만 그보다 신성일 중위의 명령이 빨랐다. 아니, 신성일 중위의 명령이 채 끝나기도 전에 레드폭스 중대원들의 개인화기가 불을 뿜었다.

타타탕!

레드폭스 중대원들 또한 동료의 죽음에 분개하고 있었던 것이다.

"크악!"

레드폭스 중대원들의 사격을 미처 피하지 못한 닌자 중 한 명이 비명을 지르며 나무에서 떨어져 내렸다.

텅!

하지만 떨어지는 소리가 이상했다.

철퍽 거리는 둔탁한 소리가 들려야 정상인데 무슨 통나무가 떨어지는 소리가 들렸던 것이다.

"……!"

일본 닌자가 떨어진 장소를 바라본 조사대는 안색을 굳혔다. 그곳에는 일본 닌자의 시체 대신에 진짜 말 그대로 통나무 하나가 나뒹굴고 있었던 것이다.

"이게… 바꿔치기 술이라는 건가?"

위급한 상황에 처하면 자신의 몸과 물건을 바꿔치는 일본 닌자의 가장 고전적이고 기본적인 기술 중에 하나였다.

"재빠른 녀석들이로군."

이진혁은 혀를 찼다.

어느 틈엔가 닌자들은 자취를 감추고 없었다.

라이트 마법으로 닌자의 위치를 특정하고 공격 마법을 쓰려고 했지만, 이미 늦어 있었다.

닌자들의 몸놀림은 상상을 초월했다.

그리고 분명 어둠 속에서 이쪽의 동태를 감시하고 있을 터.

'하지만 설마 닌자의 실력이 이 정도일 줄은……'

김태성은 눈살을 찌푸렸다.

이성재 하사가 당할 때까지 아무도 닌자의 기척을 느끼지 못했다. 일본 닌자의 실력이 예상 이상이었던 것이다.

일본 닌자가 사무라이처럼 기를 사용한다는 사실은 알고 있었다. 사무라이처럼 마나, 즉 기(氣)를 수리검에 불어넣어 미약한 검기를 내뿜을 수도 있으며, 기척을 완전히 지우고 적에게 접근도 가능했다.

애초에 바다 위를 걸을 수 있었던 것도 기를 이용한 경공술의 일종으로, 거기까지는 마법 협회 각 지부나 일부 국가의 정보기관들도 알고 있는 사실이었다.

하지만 이번 임무를 위해 키리카쿠레 사루토비가 데리고 온 닌자들은 차원이 다른 실력을 가지고 있었다.

"한국 지부의 실력은 겨우 이 정도인가?"

어둠 속에서 공간 전체를 울리는 목소리가 들려왔다.

약간 어눌하긴 했지만 비교적 유창한 한국어였다.

목소리의 주인공은 다름 아닌 12신장이라고 불리는 닌자 부대를 이끄는 키리카쿠레 사루토비였다.

"뭐라고!"

사루토비의 말에 이진혁이 눈살을 찌푸리며 소리쳤다.

"비겁하게 기습이나 하는 주제에 무슨 잘난 척이냐!"

"흥. 쓰레기 같은 조센징 주제에 건방지군. 벌레만도 못한 버러지들이"

사루토비는 조사대를 비웃었다.

"이 자식이!"

사루토비의 도발에 화를 참지 못한 이진혁은 아티팩트를 기동했다.

"블러디 대거(Bloody Dagger)!"

─Standing by.

그러자 이진혁이 오른 손목에 차고 있는 팔찌에서 남성적인 기계음이 울려 퍼졌다.

"트랜스포메이션(Transformation)!"

이진혁의 외침에 따라 팔찌는 붉은빛을 내뿜으며 단검으로 형태변환을 시작했다.

얼마 후, 이진혁의 오른손에는 불길하게 빛나는 붉은 단검이 들려 있었다.

"각오하는 게 좋을 거야. 이 빌어먹을 자식들아."

이진혁은 광기로 번득이는 눈빛으로 블러디 대거를 치켜들더니 망설임 없이 자신의 가슴을 사선으로 그어 내렸다.

촤악!

단번에 붉은 핏줄기가 터져 나왔다.

"무, 무슨 짓을 하는 거야, 오빠!"

그 모습에 대경한 이진영이 놀란 얼굴로 소리치며 이진혁에게로 다가갔다. 그리고 바로 치료마법을 시전했다.

이진영의 빠른 행동 덕분에 이진혁의 상처는 빠르게 아물어갔다.

"후우, 후우……."

이진혁은 어질어질한 표정으로 숨을 몰아쉬었다.

그런 그의 앞에는 거대한 붉은 구체가 떠 있었다.

무리하게 뽑아낸 이진혁의 혈액 덩어리였다.

만약 이진영이 바로 치료를 하지 않았다면 과다 출혈로 쓰러졌을지도 모를 정도의 양이다.

하지만 이진혁의 얼굴에는 미소가 걸려 있었다.

"블러드 애로우(Blood Arrow)!"

피로 이루어진 화살들이 사방으로 흩어졌다.

이진혁은 주변을 무차별적으로 공격했다.

닌자가 어디에 숨어 있는지 알 수 없었으니까.

"버러지 같은 놈. 그딴 눈먼 공격에 우리들이 당할 것 같으냐?"

어디선가 또 사루토비의 비웃음 소리가 들렸다. 그 뒤를 이어 닌자들이 비웃는 소리도 들려왔다.

"크윽!"

이진혁은 분노로 이를 악물었다.

"역시 네놈들 같은 버러지들은 우리 대일본제국의 지배를 받아야 한다. 그래야 사람답게 살지. 크크큭."

"이 빌어먹을 놈들이! 어디냐! 비겁하게 숨어 있지 말고 모습을 보여라!"

이진혁은 사방팔방으로 핏빛 구체를 쏘아 보냈다.

하지만 닌자들은 어디로 사라졌는지 오리무중이었으며, 조사대를 비웃고 있는 웃음소리만이 주변을 맴돌고 있을 뿐이었다.

"크악!"

그때 레드폭스 중대원 중 한 명의 비명 소리가 울려 퍼졌다.

다급히 조사대의 시선이 비명 소리가 들려온 곳으로 향했다.

그러자 레드폭스 중대원이 피를 흘리며 쓰러지고 있는 모습이 보였다. 그리고 그 너머에 검은색 암행복에 20cm는 되어 보이는 기형적으로 긴 손톱에 묻은 피를 핥고 있는 날카롭게 생긴 인상의 닌자 한 명이 있었다.

"이 자식이!"

그것을 본 레드폭스 중대원 중 한 명이 다급히 K-2 소총으로 사격했다.

하지만 기형적인 손톱을 가진 닌자는 믿기지 않는 재빠른 몸놀림으로 공중제비를 돌며 어둠 속으로 사라졌다.

"망할……."

또다시 눈 깜짝할 사이에 아까운 청년 한 명이 세상을 떠났다. 레드폭스 중대를 비롯한 이진혁과 이진영은 분개한 표정을 지었다.

그리고 김태성은 미미하게 인상을 찌푸렸다.

이런 식으로 아까운 부하만 죽어나가면 임무에 지장을 초래할 수 있었기 때문이다.

"컥! 커헉!"

그때 또 레드폭스 중대원 중 한 명이 갑자기 공중으로 솟구쳐 올라갔다.

그는 무언가에 의해 공중에 매달린 채 숨이 막히는 듯한 신음 소리를 흘리며 발버둥 쳤다.

하지만 조사대가 미처 반응을 하기 전에 레드폭스 중대원의 움직임이 멎었다.

털썩.

땅바닥에 떨어진 드폭스 중대원의 얼굴은 파랗게 질려 있었다. 질식사로 사망한 것이다.

"이, 이건 대체……?"

"킬킬킬."

조사대의 머리 위에서 비웃음소리가 들려왔다. 조사대들이 고개를 들고 바라보자 그곳에 엄청나게 긴 머리카락을 가지고 있는 닌자가 한 명 있었다.

닌자의 머리카락은 못해도 2미터 이상 길어 보였다.

그리고 마치 살아 있는 생명체처럼 이리저리 움직이더니 이내 슬금슬금 짧아져 갔다.

아무래도 조금 전 레드폭스 중대원은 저 머리카락에 목이 졸려 사망한 모양이었다.

"이런 빌어먹을!"

타타탕!

황급히 레드폭스 중대원들이 총탄을 쏘았다.

팅팅팅!

그러자 닌자는 자신의 머리카락을 전면에 내세우더니 5.56밀리 총탄을 막아내는 게 아닌가?

한참 동안 총탄을 갈겨대던 레드폭스 중대원들은 놀란 얼굴로 사격을 멈췄다.

"마, 말도 안 돼……."

머리카락이 긴 닌자는 빗발치는 총탄세례를 받고도 멀쩡했다. 눈으로 직접 보고도 믿을 수 없는 광경이었다.

"이게 네놈들과 우리들의 차이다. 알겠나, 이 버러지들아. 킬킬킬."

머리카락이 긴 닌자는 기분 나쁜 웃음소리를 남기고 이내 어둠 속으로 다시 몸을 숨겼다.

일본 지부의 닌자부대와 조우한지 얼마 지나지 않아 조사대는 세 명의 레드폭스 중대원을 허무하게 잃고 말았다. 김태성은 믿기지 않는 상황에 이를 악물었다.

'대체 뭐지? 일본 지부에 저런 놈들이 있다는 정보는 없었는데…….'

한국 지부는 항상 일본 지부를 마크하고 있었다. 관계가 서로 앙숙인 것도 있지만, 일본 지부가 무슨 짓을 저지를지 모르는 폭탄 같은 존재였기 때문에 눈을 뗄 수가 없었다.

일본 지부 또한 한국 지부를 감시하고 있었으니 서로 같은 상황이었다.

그 때문에 한국 지부는 일본 지부의 일거수일투족을 전부 알고 있다고 생각했다.

하지만 지금 조사대와 조우하고 있는 닌자들에 대한 정보를 한국 지부는 가지고 있지 않았다.

육체가 변하는 닌자부대라니!

"서, 설마 네놈들은······."

순간 김태성은 닌자들의 정체를 알 수 있는 실마리에 대한 기억을 떠올렸다.

"초인병사 프로젝트의 인간들인가?"

"호오? 버러지 주제에 그런 건 잘 알고 있군."

김태성의 말에 닌자들의 비웃음 소리가 사방을 메아리치며 들려왔다.

그리고 닌자의 대답에 김태성은 이를 악물었다.

'원숭이들 주제에 초인병사들을 육성하고 있었다니······!'

초인병사 프로젝트(SuperSoldier Project).

제2차 세계대전 후, 미국과 소련이 냉전시대에 돌입하면서 시작된 프로젝트다.

처음 시작은 일반 병사를 초능력자로 만드는 일이었다.

실제로 미국과 소련은 초능력 개발을 위한 연구 기관이 존재했다. 미국과 소련은 군 비밀작전에 초능력 특수부대를 투입하여 상대국의 비밀 무기를 찾아내는 등 혁혁한 전과를 세웠다.

또한 이를 바탕으로 마법 협회에서도 초인병사 프로젝트를 지지하고 있었다.

마법 협회의 도움과 오랜 세월 연구를 해온 결과 현대에 들어서는 다양한 프로젝트들이 파생되었다.

기존의 초능력자 양성을 위한 사이킥 프로젝트나, DNA 유전자 조작을 통한 강화인간 프로젝트 등, 보다 세분화되어 있었던 것이다.

하지만 프로젝트의 결과에 대해서는 아무도 알 수 없었다.

각각 자국 내의 최고기밀 프로젝트였기 때문에 당사자들이 아닌 이상 알 수가 없었으니까.

그리고 지금 마법 협회 일본 지부에서 파견한 닌자부대가 바로 초인병사 프로젝트의 결과물이었다.

조금 더 정확하게 말한다면 DNA 조작에 의한 강화인간 프로젝트라고 할 수 있었다.

"우리들에게 있어서 네놈들은 벌레다. 쉽게 발로 짓밟아 죽일 수 있는."

키리카쿠레 사루토비는 자신감이 넘치는 목소리로 말했다.

일본 지부의 강화인간 프로젝트를 통해 자신을 비롯한 12신장이라고 불리는 최정예 닌자부대는 이제 더 이상 인간이라고 할 수 없을 정도로 강해졌다.

그들은 DNA 유전자 조작과 마법 실험을 통해서 육체 개조를 한 끝에 궁극의 신체를 손에 넣었다고 생각하고 있었다.

그런 자신들에게 패배는 있을 수 없는 일.

하물며 눈앞에 있는 자들은 버러지 같은 조센징들이다.

키리카쿠레 사루토비는 절대로 질 생각이 없었다.

"쓸데없는 이야기는 이쯤 하도록 하지. 이제 네놈들을 처리하고 일본 신화에 등장하는 삼신기 중 하나인 야타노카가 미를 회수하도록 하겠다.”

자신들이 청동거울을 회수하는 일이 기정사실이라도 된 것마냥 확정지으면서 사루토비는 어둠 속에서 보이지 않는 미소를 지었다.

“자, 잠깐 기다려라! 지금 이곳에서 무슨 일이 벌어지고 있는지 모르나?”

“흥. 우리들이 알 바가 아니지. 이곳에서 벌어지고 있는 일들은 네놈들 같은 버러지들이 저지른 죄에 대한 천벌이 아닌가?”

사루토비는 김태성의 말에 비웃음을 흘렸다.

환상의 섬에서 무슨 일이 벌어지고 있든지 자신들과는 무슨 상관이란 말인가?

사루토비는 김태성이 구차한 변명을 늘어놓으며 자신들의 발목을 잡으려 한다고 생각했다.

그때 김태성은 최후의 수단을 꺼내들었다.

“사해문서와 연관이 있다고 해도 말인가?”

“……!”

순간 기분 나쁜 정적이 숲 속을 감돌았다.

기묘한 정적.

사해문서라는 말 한마디로 인해 생긴 일이었다.

“사해… 문서라고?”

김태성이 꺼내든 최후의 수단이 먹혀든 듯 보였다.

마법 협회 한국 지부에서 파견한 조사대를 쓰레기 취급하던 사루토비가 일순 주춤거릴 정도였으니까.

'정말일까?'

어둠 속에서 한국 지부의 조사대를 날카롭게 노려보며 사루토비는 생각에 잠겼다.

그는 3클래스 마스터에 준하는 실력자였다.

그 덕분에 마법 협회의 기밀 정보에 접근한 권한을 가지고 있었으며, 사해문서에 관해서도 알고 있었다.

사해문서는 지부를 떠나서 마법 협회 내에서 3클래스 마스터 이상의 실력을 가지고 있다면 전체 내용은 알지 못하더라도 일부 내용은 열람할 권한이 있으니 말이다.

일부분이지만 사해문서에 대한 내용을 알고 있는 사루토비는 김태성의 말에 멈칫거릴 수밖에 없었다.

만약 김태성의 말대로라면 환상의 섬에서는 어마어마한 일이 벌어지고 있을 테니까.

하지만…….

"웃기는군. 네놈은 버러지 중에서도 꽤 수완가인 모양이야. 그런 거짓말로 우리들을 막을 수 있을 거라 생각하나?"

사루토비는 김태성이 거짓말을 한 것이라고 판단했다.

사해문서와 연관이 있다니.

대체 그 말을 어떻게 믿는단 말인가?

순간 그 말에 혹한 자신이 멍청하다고까지 생각될 정도로 말도 안 되는 개소리였다.

"이 앞뒤 구분도 못하는 원숭이 놈들 같으니!"

김태성은 속이 탔다.

진실을 이야기 했음에도 믿지 못하는 그들의 무지함에.

일본 닌자부대는 환상의 섬에서 무슨 일이 벌어지고 있는지 아무것도 모르는 천둥벌거숭이와 다름없었다.

'제길! 이제 어쩐다?'

김태성은 일이 걷잡을 수 없이 꼬여감을 느꼈다.

본래 일본 지부에서 파견한 부대가 이렇게까지 강할 줄은 생각지도 못한 일이었다.

분명 닌자부대는 전원이 유전자 조작을 한 강화인간일 터.

그 전력은 서진철 관장이나 김태성이 예상한 것보다 훨씬 더 강했다.

하지만 자신들이 감당하지 못할 정도는 아니었다.

한국 지부에서 이번 임무에 투입한 전력도 만만치 않았던 것이다. 그러나 문제는 지금 조사대의 전력이 100% 완전하지 못하다는 사실이었다.

인도의 고대 대서사시 마하바라타에서 등장하는 신들의 전쟁에서 활약한 걸로 추정되는 전설급 자립기동형 아티팩트, 킬러돌의 습격에 레드폭스 중대원 두 명을 잃었다.

어디 그뿐인가?

무려 세 마리나 되는 정체불명의 생명체로부터 도망을 치기 위해 조사대의 주전력이라고 할 수 있는 현성과 헤어지고 말았다. 그리고 나름 실력을 가지고 있는 신강현과도 말이다.

그 때문에 조사대의 전력은 상당히 내려가 있었다.

'그가 있었다면 저런 놈들에게 의지할 필요도 모욕을 당할 필요도 없었을 텐데…….'

김태성은 이를 갈았다.

정체불명의 생체병기들을 막아야 되는 상황에 일본 닌자들에게 방해를 받아야 하다니!

서로 손을 잡고 대처를 해도 모자를 판에 말이다.

"시시한 변명을 계속 할 거면 이 자리에서 죽어라. 쓰레기 같은 버러지들아."

그 말을 끝으로 키리카쿠레 사루토비를 비롯한 12신장 닌자부대들이 일제히 조사대의 머리 위에서 검은 빛살처럼 쇄도해 왔다.

이대로라면 손쓸 틈도 없이 닌자부대에 의해 괴멸적인 타격을 입을 상황!

바로 그때,

"트리플 실드(Triple shield)!"

조사대의 머리 위로 세 겹의 반투명한 방패가 생겨났다.

제 3 장
사루토비의 음모

콰콰쾅!

돌연 조사대의 머리 위로 생겨난 세 겹의 방패는 강화인간으로 개조를 한 닌자들의 갖가지 공격을 막아냈다.

"누구냐!"

자신들의 공격이 허무하게 막히자 사루토비는 붉어진 얼굴로 조금 전 목소리가 들려온 곳을 노려보며 소리쳤다.

그곳에 딱딱한 표정을 짓고 있는 소년과 놀란 표정을 짓고 있는 청년이 서 있었다.

"……"

현성은 가늘게 눈을 뜨고 전방을 바라봤다.

생체 병기들로부터 벗어난 후, 현성은 마법진을 이용하여 마나 회복에 전념했다.

그 과정에서 환상의 섬에 마나 밀도가 높다는 사실을 알아냈다. 더 정확히 말하면 대량의 마나가 섬 중심부에서 흘러나오고 있는 것을 느꼈던 것이다.

현성은 환상의 섬 중심부에서 흘러나오고 있는 마나를 마법진으로 집속시켜 회복에 사용했다.

그 덕분에 현대에서는 비교도 할 수 없는 속도로 마나를 회복시킬 수 있었다.

얼마 안 되는 시간에 거의 대부분 마나를 회복한 현성은 정신을 잃고 있던 신강현을 깨웠다.

그리고 조사대를 찾아볼 겸, 환상의 섬 중심부에서 느껴지는 마나의 정체를 알아보기 위해 움직였다.

그러다가 조사대와 조우했다.

하지만 조사대의 상황은 좋아 보이지 않았다.

하얀 건물 앞에서 조사대가 정체불명의 무리들에게 습격을 받고 있었으니까.

그래서 현성은 다급히 5클래스 마법인 트리플 실드를 조사대의 머리 위로 펼쳐 암행복 무리들의 공격을 막아낸 것이다.

"무사… 하진 못했나 보군요."

현성은 조사대를 둘러보다가 씁쓸한 목소리로 말했다.

레드폭스 중대원 세 명이 땅바닥에 쓰러져 있는 것을 본 것이다. 현성이 이곳에 도착하기 전 일본 닌자에게 당한 중대원들이었다.

"어떤 놈이 겁도 없이 우리들을 막은 것이냐?"

사루토비는 인상을 찌푸리며 살기가 등등한 눈으로 갑작스럽게 등장한 소년과 청년을 바라봤다.

그러자 청년은 사루토비의 살기에 화들짝 놀란 표정으로 자기도 모르게 한걸음 물러섰지만, 소년은 꼿꼿이 자리를 지키고 서 있었다.

그것만으로도 충분했다. 사루토비는 자신의 공격을 막아낸 자가 누군지 판별해냈다.

"뭐야? 설마 이 애새끼가 우리들을 방해한건 아니겠지?"

사루토비는 자신의 살기에 굴하지 않고 꼿꼿이 선 채 날카로운 눈으로 마주보고 있는 현성을 보고 어처구니없는 표정을 지었다.

자신의 살기를 견뎌내고 닌자부대의 공격을 막아냈기에 얼마나 강한 자인지 궁금했는데 정작 확인을 해보니 아직 머리에 피도 안 마른 소년이었기 때문이다.

"네놈들은 누구냐?"

현성은 차가운 목소리로 검은색 암행복 무리들을 바라보며 입을 열었다.

지금 상황을 보면 눈앞에 있는 암행복 무리들이 레드폭스 중대원을 살해했다는 사실 정도는 간단히 알 수 있었다.

"저들은 일본 지부에서 파견한 닌자부대네."

"닌자?"

현성의 질문에 대답한 사람은 김태성이었다.

현성은 김태성의 대답에 흥미로운 표정으로 암행복 무리들을 바라봤다.

"닌자라는 것들이 잘도 현대에 존재하고 있었군."

"흥. 역시 쓰레기 같은 조센징의 애새끼는 말투부터가 다르구나."

사루토비는 비릿한 미소를 지었다.

조금 전 자신들의 공격이 막혔다는 사실에 놀랐으나 상대는 단순한 애새끼였다.

생체강화를 받은 자신들의 상대가 아니었다.

사루토비는 비릿한 미소를 지으며 입을 열었다.

"네놈도 저놈들처럼 만들어줄까?"

그리고 바닥에 쓰러져 죽어 있는 레드폭스 중대원 중 한 명을 눈짓했다.

그러자 머리카락을 자유롭게 늘였다 줄였다 조종할 수 있는 닌자가 바로 곁에서 바닥에 쓰러져 있는 레드폭스 중대원에게 다가갔다.

바닥에 쓰러져 죽어 있는 중대원은 조사대 일행보다 일본 닌자부대와 가까이 있었다.

그 닌자는 흙 묻은 발로 바닥에 쓰러져 있는 중대원의 머리를 짓밟기 시작했다.

"킬킬킬. 우리 말을 듣지 않으면 이놈처럼 만들어주……."

그는 비릿한 웃음과 함께 현성을 향해 입을 열었지만 말을 끝맺을 수 없었다.

투쾅!

강렬한 굉음과 함께 실이 끊어진 인형처럼 허공을 날고 있었으니까.

"크아아악!"

"카, 카미노케!"

사루토비는 놀란 얼굴로 허공을 날고 있는 닌자의 이름을 불렀다.

그리고 카미노케라고 불린 닌자는 입에서 피를 토하며 숲 속 바닥을 나뒹굴었다.

"네, 네놈!"

사루토비는 분노한 얼굴로 현성을 노려봤다.

현성은 어느새 조금 전 카미노케가 서 있던 자리에 있었다.

"이 개 버러지 같은 조센징 새끼가!"

이번에는 기형적으로 긴 손톱을 가진 닌자가 지면을 미끄러지듯이 이동하며 현성을 향해 쇄도했다.

어둠 속에서 손톱이 번뜩인다.

닌자는 현성의 코앞에서 손톱을 치켜들었다.

그는 자신의 손톱에 자신감을 가지고 있었다. 단단한 암석조차 그의 손톱 앞에서는 두부처럼 잘려 나간다.

당연히 눈앞에 있는 건방진 애새끼 따위는 단 일격에 세 조각낼 수 있을 거라 믿어 의심치 않았다.

캉!

"헉!"

닌자는 경악성을 내질렀다.

믿을 수 없게도 그의 손톱은 소년의 손바닥에 막혀 있었다.

"마, 말도 안 돼!"

닌자는 믿기지 않는 눈으로 현성을 바라봤다.

대체 어떻게 자신의 손톱을 막은 것일까?

현성은 자신의 손에 금속 속성의 인챈트 마법을 걸었던 것이다. 닌자의 손톱은 암석은 잘라낼 수 있을지는 모르나, 금속까지는 무리였던 모양이었다.

"라이트닝 임팩트(Lightning Impact)!"

번쩍! 파지지직!

"끄아아악!"

현성은 4클래스 전격 마법을 시전했다.

고전압 전류가 닌자의 몸을 타고 달린다. 그리고 머리카락이 솟구쳐 올랐다.

닌자는 감전이 된 채 온몸을 부들부들 경련을 일으키며 자리에서 무너져 내렸다.

닌자는 땅바닥에 쓰러진 채 가쁜 숨을 몰아쉬었다.

현성이 손속에 사정을 두어 목숨까지 빼앗지 않았던 것이다.

카미노케라고 불린 닌자 또한 심각한 내상을 입었지만 죽지는 않았다.

하지만 둘 다 중상을 입었기 때문에 죽지만 않았을 뿐이지 다시 정신을 차리고 몸을 움직일 수 있게 되려면 며칠은 지나야 할 것이다.

"이런 미친!"

키리카쿠레 사루토비를 시작으로 나머지 닌자들은 경악한 눈으로 현성을 바라봤다.

자신들이 누구던가?

일본 지부의 일기당백의 정예부대였다.

그런데 매우 짧은 시간에 아직 스무 살도 되어 보이지 않는 소년에게 자신들의 동료 두 명이 당해 버린 것이다.

"빌어먹을 조센징 새끼들! 전부 다 죽여주마!"

사루토비는 쓰레기라고 생각한 한국 지부의 인물에게 부하가 당하자 눈이 돌아갔다.

아직 동료가 죽은 건 아니지만, 그런 건 상관없었다.

단지, 자신의 부하가 당했다는 사실이 중요할 뿐.

스스슥!

드디어 닌자들이 본격적으로 움직이기 시작했다.

닌자들은 어둠 속에서 날쌘 움직임으로 조사대를 향해 다가왔다. 그리고 그들 중 무려 세 명이 현성의 주위를 맴돌았다.

"어리석은."

그들의 행동에 현성은 혀를 찼다.

"그라운드 웨이브(Ground Wave)."

쿵!

현성은 지면에 발을 들었다 내려치며 4클래스 마법을 시전했다. 그러자 지면의 충격파가 부채꼴 모양으로 닌자들을 덮쳤다. 그라운드 웨이브는 마치 지진이 난 것처럼 지면에 물결 같은 충격파를 발산하는 마법이었다.

"큭!"

"으윽!

조사대를 향해 달려오던 닌자들은 지면이 흔들리자 자세를 잃고 땅바닥 위로 쓰러졌다.

조사대는 현성의 마법 범위에 들어가지 않았기에 무사했다.

그리고 그 틈을 신성일 중위는 놓치지 않았다.

"사격 개시!"

신성일 중위의 명령에 레드폭스 중대는 사격을 개시했다.

본래라면 레드폭스 중대의 사격이 닌자에게 먹혀들 리 없겠지만, 지금은 현성의 마법 덕분에 빈틈이 생겨 있었다.

타타타탕!

총성이 숲 속에 울리고 코를 찌르는 화약 냄새가 퍼졌다.

5.56밀리 총탄은 레드폭스 중대의 동료를 잃은 원한을 품고 닌자들을 향해 날아들었다.

하지만…….

"전원 아티팩트를 발동해라!"

번쩍! 키이잉!

총탄이 빗발치며 날아들자 사루토비는 명령을 내렸다.

그러자 닌자들 사이에서 검은색 빛이 터져 나왔다.

잠시 후, 검은색 전신갑주를 입고 있는 열 명의 닌자가 모습을 드러냈다.

그들은 레드폭스 중대가 사격하고 있는 총탄을 피하지 않았다. 레드폭스 중대원들의 원한이 담긴 총탄은 닌자의 전신갑주를 꿰뚫지 못하고 튕겨나갈 뿐이었으니까.

빗발치는 총탄 속에서 붉은 눈을 빛내고 있는 닌자들의 모습에 조사대는 위축될 수밖에 없었다.

그리고 그들이 몸에 걸치고 있는 검은 갑주의 이름은 슈바르츠 아이젠 판처(Schwarz Eisen Panzer:칠흑의 강철갑주).

마법 협회 독일 지부와 협력하여 만들어낸 유니크급 아티팩트로, 일종의 마법 갑옷이었다.

슈바르츠 아이젠 판처는 착용자의 근력과 민첩성을 끌어올려주고, 마법 방어력을 비약적으로 상승시켜 준다.

물론 일반 방어력도 올려주기에 방탄능력도 탁월했다.

"망할 조센징 자식들. 감히 우리들에게 아티팩트를 발동하게 만들다니."

사루토비는 눈살을 찌푸렸다.

조금 전 레드폭스 중대는 그야말로 완벽한 타이밍에 기습을 걸어왔다.

그 때문에 닌자부대는 별 수 없이 비장의 수단인 전신갑옷 아티팩트를 발동하여 총탄을 막을 수밖에 없었다.

"이렇게 된 이상 전원 몰살시켜 주겠다!"

닌자부대의 전신갑주는 비장의 수단이었다.

그것을 드러낸 이상 사루토비는 눈앞에 있는 한국 지부 조사대를 살려둘 생각이 없었다.

"글쎄… 그게 생각처럼 과연 될까?"

자신이 지금 눈을 뻔히 뜨고 있는 이곳에서 조사대를 몰살시켜주겠다니?

현성은 차가운 미소를 지었다.

이유가 어찌되었든 저들은 레드폭스 중대원 두 명을 살해했다.

그렇다면 그에 따른 대가를 치루어야 할 터!

'레이포스 액티베이션(Rayforce Activation)! 펜타 맥스 헤이스트(Penta Max Haste)!'

현성은 닌자부대와 일전을 준비했다.

전신갑주로 완전 무장한 열 명의 닌자부대와 소년 마법사의 일전!

일견 보기에는 닌자부대 쪽이 유리해 보였다.

인원도, 나이도, 경험도 명백히 닌자 쪽이 우위였으니까.

하지만 그건 현성이 단순한 마법사일 때 이야기.

전투 경험도, 마법 지식도, 실력도 현성은 눈앞에 있는 닌자부대의 밑이 아니었다.

아니, 오히려 위라고 할 수 있었다.

이드레시안 차원계에서 전장을 전전하며 전투경험을 쌓아왔으니 말이다.

"블링크(Blink)."

현성은 단거리 공간 이동 마법으로 눈 깜짝할 사이에 닌자부대 앞에 나타났다.

닌자들은 일순 당황했으나 프로답게 동요하지 않고 현성의 공격에 대비했다.

하지만 그보다 먼저 현성의 공격이 빨랐다.

"파이어 임팩트(Fire Impact)!"

콰앙!

"크억!"

화려하게 피어오르는 불꽃 폭발!

파이어 임팩트는 3클래스 마법인 파이어 버스터보다 한 단계 높은 4클래스 마법으로 타격 전용이었다.

상대를 타격하는 순간 불꽃 폭발이 일어나며, 그 충격은 고스란히 상대에게 들어간다.

그 위력은 가히 절대적!

"……."

사루토비는 자신의 부하가 비명과 함께 튕겨 날아가자 입을 떡 벌렸다.

슈바르츠 아이젠 판처의 가능 큰 효능은 무엇인가?

바로 대 마법 방어 능력이었다.

설령 상대가 3클래스 마법으로 공격을 해온다고 해도 버티려고 한다면 얼마든지 버틸 수 있었다.

그런데 조금 전 단 일격에 슈바르츠 아이젠 판처는 상대의 마법을 막아내지 못하고 튕겨 날아갔다.

'가만! 파이어 임팩트라면 설마……?'

대체 어떻게 슈바르츠 아이젠 판처가 마법을 막아내지 못한 건지 고민하던 사루토비는 이내 그 이유를 알아차렸다.

파이어 임팩트(Fire Impact).

아니, 그 이전에 눈앞에 있는 소년이 시전했던 라이트닝 임팩트 마법도 가만히 생각해보면 해답이 나온다.

"네놈, 4클래스 마법사인가!"

"……!"

사루토비의 외침에 닌자부대가 술렁였다.

4클래스 마법사라니!

마법 협회 일본 지부에서 4클래스 마법사는 지부장인 이케다 신겐밖에 없었다.

거기다 이케다 신겐은 이제 60대에 들어선 노인.

그에 비해 눈앞에 있는 마법사는 아직 앳된 티가 있는 소년으로 보이지 않는가?

"그 사실이 중요하진 않을 텐데?"

사루토비의 비명 같은 외침에 현성은 차가운 미소로 대답했다. 그리고 망설임 없이 옆에 있던 닌자를 향해 주먹을 휘둘렀다.

콰앙!

"크아악!"

또다시 일어나는 불꽃 폭발!

이번에도 닌자는 슈바르츠 아이젠 판처를 장착한 의미도 없이 나가떨어지고 말았다.

"이게 무슨……!"

철썩 같이 믿고 있던 슈바르츠 아이젠 판처가 아무런 효과를 발휘하지 못하자 사루토비는 기가 막혔다.

'빌어먹을! 일본 지부에 돌아가기만 하면 이딴 쓸모없는 갑주나 만들어낸 연구부 자식들을 전부 아작 내줄 테다!'

아마 이 소리를 연구부장이 들었다면 입에 침을 튀겨가며 반론을 펼쳤을 것이다.

슈바르츠 아이젠 판처는 최대 3클래스 마법까지 방어할 수 있는 갑주이기에 4클래스 마법은 방어할 수 없었다.

애초에 마법 협회의 마법사들 중에서 4클래스 마법사는 손에 꼽을 정도였고, 이번에 일본 닌자부대가 상대할 한국 지부의 마법사들은 대다수가 3클래스 수준이었다.

거기다 일본 지부가 입수한 정보에 의하면 한국 지부에서 가장 강한 마법사는 서진철 관장이며 3클래스 마스터였다.

그러니 이번 임무를 수행하는데 충분하고도 남을 거라는 생각에 슈바라츠 아이젠 판처를 지급했다.

설마 한국 지부에 4클래스 마법사가 있을 거라고는 생각지도 못했을 테니까.

사루토비가 때려잡아야 할 쪽은 연구부가 아니라 정보부라고 해야 옳았다.

"네놈들은 대체 뭐하고 있는 거냐! 저딴 조센징 애새끼 하나 처리하지 못하고!"

속이 답답해진 사루토비는 애꿎은 부하들을 탓했다.

그리고 일본 지부 정예 부대인 자신들이 아직 스무 살도 되지 않은 소년에게 당하고 있다는 사실을 인정할 수 없었다.

슈바르츠 아이젠 판처를 발동한 자신들은 능히 미군 기계화부대와 일전을 벌일 수 있었다.

그런데 고작 눈앞에 있는 소년 마법사에게 단 일격으로 자신들이 나가떨어지다니?

"부하를 탓한다고 해서 나를 쓰러뜨릴 수 있을 거라 생각하나?

"흥, 잘난 척하는 것도 지금뿐이다. 이대로 우리들이 끝날 거라 생각하면 큰 오산이지. 각오하는 게 좋을 거다, 애송이."

현성의 도발에 사루토비는 이를 갈며 말했다.

그 직후.

"크아아아아!"

일본 닌자들이 괴성을 지르기 시작했다.

그리고 그들의 몸에서 이변이 일어났다.

전신갑주를 한 그들의 몸이 변화하기 시작한 것이다.

일부는 몸이 팽창하더니 거대화 해졌으며, 일부는 전신갑주의 건틀렛 끝에 날카로운 손톱이 튀어나왔다.

그 외에도 다양하게 모습이 변하고 있는 닌자들이 있었다.

"이건……."

그 모습을 본 현성은 눈살을 찌푸렸다.

한눈에 봐도 그들의 몸이 비정상적이었기 때문이다.

조금 전 손톱이 기형적으로 긴 닌자나, 머리카락을 자유롭게 조종하는 닌자를 보고 대충 눈치는 채고 있었지만, 아무래도 눈앞에 있는 닌자들은 단순한 인간이 아닌 모양이었다.

그뿐만이 아니다.

분명 금속일게 분명한 검은 갑주를 입고도 그들 중 일부는 무려 3미터에 가까운 크기로 거대화했다.

그럼에도 슈바르츠 아이젠 판처에는 아무런 이상이 없었

으며, 그들의 몸에 맞게 함께 커져 있었다.

저렇게까지 변형할 수 있는 금속은 얼마 되지 않았다.

'저게 오리하르콘인가……'

정신감응 금속이라고 불리는 환상의 금속이다.

오리하르콘 금속으로 저만한 인원수의 갑주를 만들었을 줄이야!

"저게 일본 지부의 강화 인간들……."

현성의 뒤에서 이진혁의 탄식하는 목소리가 들려왔다.

유전자 DNA 변형으로 탄생한 강화인간들.

거기다 그들은 정신감응 금속 오리하르콘으로 만들어진 유니크급 아티팩트, 슈바르츠 아이젠 판처까지 장착하고 있었다.

일본 지부의 닌자들은 이번에야말로 밑천을 전부 다 드러내고 현성을 쓰러뜨릴 작정이었던 것이다.

"죽어라!"

쿵쿵쿵!

닌자들은 현성을 향해 달려들기 시작했다.

몸이 3미터에 가깝게 커진 닌자 세 명이 달려오자 땅이 흔들렸다.

그리고 손톱이 긴 닌자 세 명은 나무를 넘나들며 현성을 향해 위에서 아래로 쇄도해 오고 있었다.

그리고 나머지 두 명은 후방에서 묵빛 암기를 던졌다.

쉬쉬쉭!

예리한 빛을 내며 현성을 향해 날아드는 수리검들.

자신을 향해 필사적으로 공격을 해오는 닌자를 바라보며 현성은 조용히 중얼거렸다.

"플라이(Fly)."

순간 현성의 몸이 하늘로 솟구쳤다.

그 직후.

콰콰쾅!

조금 전까지 현성이 있던 자리를 향해 닌자의 공격이 꽂혀 들어갔다.

그들의 공격에 지면은 움푹 파이고, 날카롭게 할퀴어졌다.

그리고 닌자가 던진 수리검들은 허공만 가르고 어둠 너머로 모습을 감췄다.

"이 빌어먹을 놈이!"

무려 열 명이 동시에 공격을 가했건만 현성이 공중부양 마법으로 간단히 피해 버리자 사루토비는 열이 받은 얼굴로 하늘을 올려다봤다.

"……."

그리고 이내 멍한 표정을 지었다. 그 뒤를 이어 하늘을 올려다 본 닌자들도 마찬가지였다.

"네놈들이랑 드잡이질을 하는 것도 이제 질리는군. 슬슬 이쯤에서 끝내도록 하지."

어느새 현성의 주변에 갖가지 마법들이 시전되고 있었다.

이글거리는 화염으로 이루어진 파이어 볼(Fire Ball)과 파이어 랜스(Fire Lance).

시리도록 차가운 기운이 느껴지는 아이스 볼(Ice Ball)과 아이스 스피어(Ice Spear).

전격으로 번쩍거리고 있는 스파크 볼(Spark Ball)과 라이트닝 스피어(Lightning Spear).

어두운 하늘에 수놓아져 있는 각양각색 3클래스 마법의 향연은 장관이 아닐 수 없었다.

수없이 많은 3클래스 마법들은 현성의 주변을 포진하고 지상에 있는 닌자들을 노리고 있었다.

"가라."

현성은 손을 위에서 아래로 내렸다.

그러자 현성의 주변에 떠 있던 세 가지 속성의 창(槍)과 구(球)들이 일제히 닌자들을 향해 쇄도했다.

콰콰콰콰쾅!!!

"크아악!"

"으아아아!"

"사, 살려줘!"

아무리 대 마법 방어 능력이 뛰어난 슈바르츠 아이젠 판처라고 해도 5클래스 마법사가 시전하는 다양한 속성과 어마어마한 숫자의 3클래스 마법 앞에서는 무용지물이었다.

마치 공중에서 융단폭격을 하는 것처럼 현성은 일본 닌자들의 머리 위에서 마법을 쏟아냈다.

하늘 위에서 쏟아지는 갖가지 3클래스 마법들의 향연에 일본 닌자들은 정신이 없었다.

이리 뛰고 저리 뛰고 3클래스 마법들을 피하기 위해 몸부림을 치고 있었지만 역부족이었다.

넓은 지역을 향해 마법들이 쏟아지고 있었으니까.

조사대가 있는 쪽으로 피하면 그나마 마법의 융단폭격을 맞지 않을 수 있겠지만, 그것을 용납할 현성이 아니었다.

현성은 마법을 교묘하게 컨트롤하며 일본 닌자들이 조사대가 있는 쪽으로 가지 못하게 했다.

"……."

그리고 조사대 또한 할 말을 잃은 채 현성의 마법을 바라보고 있었다.

설마 3클래스 마법을 이만큼이나 단시간에 시전할 줄이야.

조사대는 현성에 대해 다시 한 번 놀라지 않을 수 없었다.

그러는 한편 현성의 마법에 당하고 있는 일본 닌자들을 보고 있자니 가슴 속의 체증이 한번에 내려갔다.

현성이 나타나기 전까지 얼마나 자신들이 일본 닌자에게 비웃음을 당했던가?

거기다 동료까지 닌자에게 살해당했다.

그런데 지금 현성에게 당하고 있는 일본 닌자들을 보며 조사대는 통쾌하기 짝이 없었다.

"……."

잠시 후, 현성이 다시 지면을 밟았을 때 일본 닌자들은 전부 땅바닥을 기면서 신음을 흘리고 있었다.

"으으… 어디서 너 같은 놈이……."

단 혼자서 12신장이라고 불리기까지 하는 일본 지부의 닌자부대를 전멸시키다니!

사루토비는 믿기지 않는 눈으로 현성을 바라봤다. 한국 지부에 현성 같은 마법사가 있을 거라는 정보는 없었다.

한국 지부에서 가장 강하다고 명성이 자자한 서진철 관장이라고 해도 자신들을 어쩌지 못할 것이다.

아니, 4클래스 유저 마법사인 이케다 신겐이라고 해도 마찬가지일 터.

하지만 지금 눈앞에 있는 소년에게 자신들은 당했다.

거기다 더욱 믿을 수 없는 사실이 있었다.

"어째서 아무도 죽이지 않은 거지……?"

조금 전 어마어마한 마법의 융단폭격을 받고도 일본 닌자들 중에 사상자는 나오지 않았다.

중상자가 나오기는 했지만, 전부 생명에 지장은 없었다.

"나를 네놈들과 똑같다고 생각하지 마라."

생명의 소중함을 모르는 자들.

8클래스 마스터의 깨달음을 얻고 난 이후, 현성은 생명의 소중함을 알았다.

그 때문에 어지간해서는 상대의 목숨을 빼앗을 생각은 없었으며, 그렇다고 상대가 저지른 죄까지 덮어둘 생각도 없었다.

이유가 어찌되었든 일본 닌자들은 레드폭스 중대원을 살해한 죄를 저질렀다.

그들은 한국 지부로 돌아갔을 때 어떤 방법으로든 철저하게 그 대가를 치르게 될 것이다.

"흥. 물러 터졌군. 상대가 적이면 용서 없이 죽이는 게 우리들이다. 여자와 아이는 물론 노인이라고 해도 마찬가지지. 그리고……."

사루토비는 기이한 눈빛을 발했다.

"임무에 실패한 우리들까지도 말이야!'

"잠……!'

"일본 만세!'

사루토비의 모습에 무언가 이상함을 느낀 현성이 움직이려고 했지만, 이미 늦었다.

사루토비는 일본 만세를 외치며 어금니를 깨물었다.

그 뒤를 이어 나머지 일본 닌자들도 사루토비처럼 일본 만세를 외친 후 어금니를 깨물었다.

"컥!'

"크어억!'

그들은 처음부터 독약을 준비했었는지 어금니를 깨물고 얼마 지나지 않아 피를 토하며 죽어갔다.

"……."

그 모습을 보며 현성은 눈살을 찌푸렸다.

설마 이렇게 자신들의 목숨까지 허무하게 버릴 줄이야.

"마법 협회 일본 지부라……."

분명 닌자들이 자살을 선택한 것은 일본 지부의 지시이리라.

이 순간 마법 협회 일본 지부는 현성의 눈 밖에 난 존재가 되었다.

일본 지부의 작태가 현성의 마음에 들지 않았으니까.

현성은 차가운 땅바닥에서 피를 토하고 죽은 일본 닌자들을 씁쓸한 눈으로 내려다봤다.

* * *

"허억허억!"

환상의 섬 외곽.

스스슥.

아무것도 없는 허공에서 모자이크 같은 무늬가 나타나더니 이내 한 사내가 모습을 드러냈다.

광학미채(光學迷彩).

놀랍게도 사내는 스텔스 기능이 있는 암행복을 입고 있었다.

사내가 입고 있는 암행복은 고대 유적에서 발견한 오파츠를 기반으로 개발되었으며 착용자의 모습은 물론 기척이나, 체온까지 숨길 수 있는 스텔스 슈트였다.

"빌어먹을!"

숨을 가쁘게 몰아쉬던 사내는 얼굴을 찡그리며 조용히 뇌까렸다.

"12신장들이 전멸해 버리다니……"

검은색 스텔스 슈트로 몸을 숨기고 있던 정체불명의 사내.

사내의 얼굴은 놀랍게도 키리카쿠레 사루토비와 판박이였다.

그렇다면 현성과 싸웠던 키리카쿠레 사루토비는 대체 누구란 말인가?

"그리고 무엇보다 아까운 인형을 잃었군."

현성이 상대 했던 사루토비는 가짜였으며, 진짜 사루토비의 그림자 무사였다.

더 정확하게 이야기한다면 진짜 사루토비가 조종하던 꼭두각시 인형이라고 할 수 있었다.

현성이 상대했던 일본 닌자들은 총 12명.

그래서 그들은 12신장이라 불렸다.

하지만 실제로는 총 13명으로 12신장 중에 있는 사루토비와, 그것을 뒤에서 조종하는 진짜 사루토비가 따로 있었던 것이다.

그리고 그들은 모두 환상의 섬에 상륙했다.

바다 건너서까지 꼭두각시를 조종할 수 없었기 때문에 진짜 사루토비도 환상의 섬에 상륙할 수밖에 없었다.

사루토비는 환상의 섬 외곽에서 광학미채 기능을 사용하여 안전하게 몸을 숨긴 후 꼭두각시를 조종했다.

또한, 꼭두각시를 조종하면서 자신의 몸까지 움직일 수 있었다.

이유는 그가 가지고 있는 아티팩트 때문.

물론 사루토비가 조종하는 꼭두각시는 인간이었으며, 고대 유적에서 발견한 아티팩트로 항상 조종할 수 있었던 것이다.

"빌어먹을 한국 지부 놈들. 설마 저런 비밀 병기를 숨기고 있었을 줄이야."

사루토비는 인상을 찌푸렸다.

설마 단 한명에게 12신장들이 당할 줄은 미처 생각지도 못한 일이었다.

이미 사루토비는 12신장들과 현성 사이에 있었던 일들을 알고 있었다.

꼭두각시를 조종하면서 전부 보고 있었던 것이다.

"이대로 물러날 수는 없지."

이번 임무에서 자신이 꼭두각시로 지휘하던 12신장 모두를 잃었다.

그리고 오랜 세월 공을 들여 마인드 컨트롤과 세뇌를 하고 얼굴까지 자신과 똑같이 만들어낸 그림자 무사인 꼭두각시 인형까지 잃고 말았다.

이 상황에서 일본 지부에 빈손으로 돌아간다면 어떻게 될까?

부르르.

순간 사루토비는 몸을 떨었다.

'빈손으로 돌아가는 날엔 죽음보다 더한 벌을 받겠지.'

차라리 12신장들처럼 자결을 하는 게 나으리라.

사루토비는 혼자서라도 야타노카가미를 회수하기로 마음먹었다. 아니면 그에 준하는 샘플을 입수할 생각이었다.

그래야 일본 지부로 돌아갈 면목이 설 테니까.

스스슥.

잠시 후 사루토비는 모습이나 기척을 지우며 어둠 속으로 녹아들 듯이 사라졌다.

제 4 장
청동거울의 비밀

"고맙네."

쓸쓸한 눈으로 일본 닌자들을 내려다보고 있는 현성을 향해 김태성이 고개를 숙이며 감사의 말을 전했다.

만약 현성이 나타나지 않았으면 자신들은 어떻게 되었을까?

분명 전멸을 면치 못했을 것이다.

그 때문에 조사대는 현성에게 감사의 마음을 가졌다.

그들에게 있어 현성은 생명의 은인이었으니까.

"이제 어쩔 생각입니까?"

현성은 김태성을 바라보며 질문했다.

이대로 임무를 계속 할 것인지, 아니면 그만둘 것인지.

"임무는 이대로 계속하기로 했네."

김태성의 대답에 현성의 눈썹이 꿈틀거린다.

현재 상황을 김태성이 모를 리 없었다.

조사대의 힘만으로는 어쩌지 못하는 정체를 알 수 없는 생명체의 존재. 그리고 정체불명의 생명체를 단 일격에 격파한 세력도 있었다.

어디 그뿐인가?

불과 조금 전까지 조사대를 전멸 직전까지 몰아간 마법 협회 일본 지부의 정예부대인 닌자들도 있었다.

어쩌면 다른 존재들이 더 있을지도 모른다.

이런 불리한 상황을 김태성이 모를 리 없을 터인데 임무를 계속하자고 한다.

현성은 김태성이 숨기고 있는 저의가 궁금했다.

"이유는 무엇입니까?"

"……."

현성의 질문에 김태성은 입을 꾹 다물었다.

그의 머릿속은 매우 복잡하게 돌아가고 있었다.

이번 임무를 완수하려면 현성의 존재가 필수적이었다.

어떻게 해서든지 현성을 임무에 끌어들여야 할 터.

하지만 임무를 완수해야 하는 이유를 설명하려면 한국 지부의 기밀 내용을 이야기해야 했다.

바로 그 때문에 김태성은 고민하고 있었다.

되도록 최후의 최후까지 이야기하고 싶지 않았다.

왜냐하면 기밀 내용에 대해선 김태성 자신도 생각하고 싶지도 않았기 때문이다.

"대답 여하에 따라 전 이번 임무에서 빠질 수도 있다는 사실을 염두해 두셨으면 좋겠군요."

김태성의 고민을 안 것일까.

현성은 생각에 잠겨 있는 김태성에게 쐐기를 박았다.

그러자 김태성은 한숨을 크게 내쉬며 물었다.

"꼭 이야기를 들어야 하겠나?"

"네."

현성은 고개를 끄덕였다.

김태성이 이번 임무에 목을 매고 있는 이유.

현성은 그가 목숨을 걸면서까지 임무를 완수하고 싶어 한다는 사실을 느끼고 있었다.

하지만 반대로 그에게서 일말의 불안감도 느껴졌다.

진실에서 눈을 돌리고 싶어 하는 기색이 보였던 것이다.

지금도 김태성의 눈빛은 불안한 듯 떨리고 있었다.

"알겠네. 이야기 하도록 하지."

원래 김태성은 연구소 내부로 진입해서 직접 눈으로 확인했을 때 조사대에게 필요한 정보만을 이야기할 생각이었다.

눈앞에 증거가 확인된 이상 숨기고 있어야 하는 의미가 없으니 말이다.

하지만 그건 조사대가 원할 때 이야기이고, 현성이 정보를 알고 싶어 한다면 어쩔 수 없었다.

현성이 임무에서 빠지려고 하면 그 누구도 막을 수 없으며, 현성 없이는 임무 자체를 진행할 수 없으니 말이다.

"자네도 알다시피 조사대의 목표는 청동거울의 회수다. 그럼 왜 우리들이 청동거울을 회수하려고 하는지 이유를 알고 있나?"

"역사적 가치를 지니고 있는 신화급 아티팩트이기 때문이 아닙니까?"

"그것도 있지만 더 중요한 이유가 있지. 자네는 어째서 한국 지부가 이런 장소에 일부러 아티팩트 비밀 연구소를 세워서 청동거울을 연구하고 있는지 생각해 보지 않았나?"

"그야 위험한 아티팩트를 연구하기 위해서……."

순간 현성은 무언가 한가지 사실을 깨달았다.

이번 임무를 시작하기 전, 서진철 관장으로부터 청동거울을 발견한 후 연구소를 세우고 위험 지정된 아티팩트들을 연구하기 시작했다고 이야기를 들었었다.

하지만 그 이전에 아티팩트 비밀 연구소가 세워진 이유가 있었던 것이다.

"아티팩티 비밀 연구소가 세워진 이유는 한국 지부가 가지고 있는 위험 지정된 아티팩트들을 연구하기 위함이 아니었군요."

"바로 그렇네. 아티팩트 비밀 연구소가 세워진 이유는 순전히 청동거울을 연구하기 위함이지. 그 이후에 아티팩트 비밀 연구소로 온 위험 지정된 아티팩트들은 그냥 덤에 지나지 않아."

"……."

김태성의 말에 현성은 침묵했다.

확실히 현성은 서진철 관장으로부터 아티팩트 비밀 연구소가 세워진 것은 환상의 섬에서 청동거울을 발견하고 나서부터라고 이야기를 들었다.

그 말은 곧 아티팩트 비밀 연구소가 세워진 목적이 청동거울을 연구하기 위함이라는 소리였다.

그렇다면 대체 무슨 이유로 청동거울을 연구하는 것이 위험하다고 판단되어 이런 아공간에 있는 섬에 아티팩트 비밀 연구소를 세운 것일까?

"청동거울이 발견되고 나서 비밀 연구소를 세운 연구원들은 연구를 하기 시작했네. 그리고 한가지 가설을 세웠지."

"가설?"

"다른 차원으로 통하는 문이 아닐까 하는 터무니없는 소리였지."

"……!"

순간 현성을 비롯한 조사대 전원이 놀란 표정을 지었다.

다른 차원으로 통하는 문이라니!

"다른 차원으로 가는 문이라고?"

"그, 그렇다네."

너무나 놀라운 사실에 현성은 저도 모르게 김태성의 멱살을 잡았다. 그러자 김태성은 당황한 표정을 지었다.

설마 현성이 이런 격한 반응을 보일 줄은 몰랐던 것이다.

'다른 차원이라니. 설마 이드레시안 차원과 연관이 있다는 말인가?'

현성 자신도 지구가 아닌 다른 차원계에서 한생을 보내고 다시 현대로 돌아왔다.

그런데 현대에 다른 차원으로 가는 문이 존재하고 있다니?

그것도 단군신화에 나오는 청동거울이 차원의 문이라는 사실을 대체 어떻게 받아들여야 할까?

"자세히 말하도록. 청동거울과 연결된 세계는 어디지?"

현성은 차가운 눈빛으로 김태성을 노려보며 말했다.

어쩌면 자신이 이드레시안 차원계로 가게 된 이유가 이곳에 있을지도 모른다는 생각이 들었다.

"모, 모른다! 그걸 내가 어떻게 안단 말인가!"

서슬 퍼런 현성의 기세에 김태성은 필사적으로 고개를 흔들었다.

'정말 모르는 건가?'

아니, 분명 그는 무언가 알고 있는 눈치였다.

현성은 의심스러운 눈으로 김태성을 노려봤다.

"김태성 대장. 지금 나는 기분이 매우 좋지 않아. 이런 중요한 사실을 이제 와서 말한 데다가 당신은 아직도 무언가 더 숨기고 있는 것 같거든."

현성은 평소와 다르게 차가운 목소리로 하대로 말하며 김태성을 밀어붙였다.

그만큼 청동거울이 다른 차원과 통하고 있다는 사실은 현성에게 있어서도 중요했다.

자신이 다른 차원에 갔다 온 마법사라는 사실을 현대에 알려질 수도 모르니 말이다.

그런 사실을 알 리 없는 김태성은 태도가 변한 현성의 행동 때문에 정신이 없었다.

그리고 그것은 조사대도 마찬가지였다. 그들은 그저 멍하게 현성과 김태성을 바라보고 있을 뿐이었다.

현성은 김태성의 목을 조르며 말했다.

"알고 있는 걸 전부 말해라. 그렇지 않으면 강제적으로 말하게 만들어주지."

"시, 신들이 사는 세계다!"

"뭐라고?"

순간 현성은 힘이 빠졌다.

현성의 살기에 눌려 발작적으로 소리친 김태성의 말이 자신의 생각과 달랐기 때문이다.

"적당히 둘러대는 거라면 잘 생각해 보는 게 좋을 거야."

"지, 진짜다. 청동거울이 등장하는 단군신화를 생각하면 알 수 있지 않나!'

"단군신화……?"

현성은 잠시 생각에 잠겼다.

단군신화에 등장하는 청동거울은 천제가 환웅에게 하사한 천부인 중 하나였다.

그리고 천제에게 받은 천부인 중 하나인 청동거울이 다른 차원으로 통하는 문이라면……?

"정말 신들이 사는 세계와 연결된 차원의 문이라고?"

"그렇다. 적어도 우리들은 그렇게 추정하고 있다!"

"허."

뜻밖의 대답에 현성은 김태성의 목을 붙잡고 있던 손에 힘을 풀었다.

"쿨럭쿨럭!"

현성의 손에서 해방된 김태성은 기침을 하며 경계의 눈으로 현성을 바라봤다.

조금 전 현성의 행동은 도무지 이해할 수 없었다.

지금까지 예의가 있어 보이던 모습과는 전혀 달랐으니까.

'아무래도 이드레시안 차원계와 이어진 건 아닌가 보군.'

하지만 이 세계에 다른 차원으로 가는 방법이 있다는 사실이 중요했다.

자신이 이드레시안 차원계에 갔다 온 것처럼, 현대에서 이드레시안 차원으로 가는 방법이 있을지도 모르니 말이다.

그리고 김태성의 이야기를 들은 현성은 아티팩트 비밀 연구소에서 무슨 일을 하고 있었는지 눈치챘다.

"아티팩트 비밀 연구소의 연구원들은 청동거울을 가지고 차원의 문을 열기 위한 실험을 하고 있었겠군."

현성의 말대로였다.

아티팩트 비밀 연구소에서는 청동거울을 가지고 문을 여는 실험을 반복해 오고 있었다.

하지만 생각보다 잘 되지 않았다.

현대에 존재하는 얼마 되지 않는 마나를 모으는 일부터, 공급까지 수많은 시행착오를 겪었다.

그리고 마력 공급까지는 성공했지만 그것만으로는 문을 열지 못했다. 그 이후 아티팩트 비밀 연구소의 연구진들은 밤낮으로 연구에 매달린 끝에 얼마 전 다시 실험을 하겠다는 정기연락을 끝으로 소식이 두절됐다.

그 때문에 서진철 관장이 조사대를 꾸려서 파견했던 것이다.

대체 연구소에서 무슨 일이 생겼는지 조사를 하기 위해서.

그리고…….

"신들의 세계라."

김태성의 말이 사실이라면 환상의 섬에서 벌어지고 있는

한가지 의문점은 어느 정도 설명할 수 있었다.

"하지만 숲에서 본 생명체들은 도저히 신들의 세계에서 넘어온 것이라고는 생각되지 않는데."

"그, 그건……."

현성의 말에 김태성은 당황했다.

김태성의 말대로 청동거울이 신들의 세계와 통해 있다면 대체 환상의 섬에서 본 정체불명의 생명체는 무엇이란 말인가?

조사대가 조우한 정체불명의 생명체는 마치 누군가가 인위적으로 만들어낸 생체 병기 같았다.

거기다 단순히 보는 것만으로도 혐오감이 느껴질 정도였다.

도저히 신들의 세계에서 존재하는 생명체라고는 생각 할 수 없었다.

'그리고 이드레시안 차원계에 존재하는 생명체도 아니고 말이야.'

이드레시안 차원계에서 한 생을 보낸 현성이다.

환상의 섬에서 조우한 정체불명의 생명체가 이드레시안 차원계에 존재하지 않았다는 것쯤은 쉽게 알 수 있었다.

"아티팩트 비밀 연구소의 연구원들은 터무니없는 것을 불러들인 모양이군. 그리고 우리들은 그 뒷수습을 해야 되는 상황인건가?"

"......."

차갑게 내뱉는 현성의 말에 김태성은 침묵했다.

틀린 말이 아니었기 때문이다.

환상의 섬에서 정확히 무슨 일이 벌어지고 있는지 김태성도 알 수 없었다.

연구원들이 살아 있는 시체처럼 된 것도 처음 봤고, 정체불명의 생명체도 처음 봤다.

다만 한가지 사실은 명백하게 알 수 있었다.

정체불명의 생명체가 인류의 적이라는 사실을.

"도와주게! 자네가 아니면 이 일을 수습할 수 없어!"

김태성은 현성에게 매달리기 시작했다.

아티팩트 비밀 연구소 내부가 어떻게 되어 있을지 생각하기도 싫었다.

정말 다행스럽게 청동거울을 통해서 차원의 문이 닫혀 있다면 상관이 없겠지만, 만약 그렇지 않다면 지금 이 순간에도 정체불명의 생명체들이 이쪽 세계로 넘어오고 있을지도 모르기 때문이다.

그것을 저지하지 않는다면 이 세계가 어떻게 될지 알 수 없었다.

"이 일을 서진철 관장도 알고 있나?"

"......."

기습적인 현성의 질문에 김태성은 잠시 입을 다물었다.

하지만 이내 대답했다.

"아티팩트 비밀 연구소에서 무슨 연구를 하고 있는지는 알고 있지만, 지금 현재 섬에서 일어나고 있는 일은 모르고 있네. 그것을 조사하기 위해서 우리들이 온 것이니 말이야."

그 말은 사실이었다.

아직 아무런 보고를 받지 못한 서진철 관장은 환상의 섬에서 정확히 무슨 일이 벌어지고 있는지 모르고 있을 터였다.

"흠……."

현성은 근처에 있는 바위에 다리를 꼬고 걸터앉았다. 그리고 손가락으로 무릎을 두드리며 생각에 잠겼다.

김태성과 대화를 나누며 대략적인 상황을 이해할 수 있었다.

아무래도 상황은 한국 지부에서 상정한 것 이상으로 걷잡을 수 없는 모양이었다.

'서진철 관장…….'

현성은 이번 임무에 대해 설명을 하던 서진철 관장의 모습을 떠올렸다.

과연 그는 지금 같은 상황을 예상하고 있었을까?

'잘도 나를 이런 임무에 투입했군.'

현성은 쓴웃음이 나왔다.

서진철 관장으로부터 이번 임무에 대해 이야기를 들었을 때 어려울 거라고 생각은 했었지만 설마 이런 일이 생길 줄이야.

차원의 문이 계속 열린 채, 숲 속에서 조우한 생체 병기들이 수도 없이 넘어오게 된다면 과연 어떻게 될까?

'이대로 가다간 진짜 세계가 망해버릴지도 모르지.'

그만큼 생체 병기의 전투 능력은 가공할 만했다.

일반적인 군대가 가지고 있는 통상 병기로는 타격을 입히기 힘들 테니 말이다.

'그리고 차원의 문이라……'

잠시 머릿속을 정리하던 현성은 무릎을 탁치며 자리에서 일어났다.

"알겠습니다. 임무를 계속하도록 하지요."

"그, 그래주겠나?"

현성이 도와주겠다고 하자 김태성의 얼굴이 펴졌다.

그리고 현성의 말투가 다시 원래대로 돌아오자 안도한 표정을 지었다.

하지만 레드폭스 중대원들은 안심 반 불안 반의 표정을 짓고 있었다. 임무를 계속해야 한다는 사실에 불안감과 현성이 함께 한다는 사실에 안도감을 느끼고 있었던 것이다.

"……"

또한, 조사대 중 마법사인 이진영과 신강현은 아무 말도 하지 않았다. 이미 김태성과 이진혁, 그리고 현성이 임무를 계속하자고 결정을 내린 마당에 더 이상 왈가왈부할 수 없음을 깨닫고 있었던 것이다.

그렇다기보다 조금 전 현성이 일본 닌자를 처리하면서 보인 마법에 넋이 나가 있었다.

그들은 현성의 뜻을 따를 수밖에 없었다.

"그럼 가지요. 아티팩트 비밀 연구소로."

그렇게 조사대는 드디어 눈앞에 있는 하얀 건물 안으로 진입을 하기 시작했다.

*   *   *

쿠우웅.

거대한 몸체가 한쪽으로 기울며 쓰러져 내린다.

그 너머로 아름다운 금발을 가진 미녀의 모습이 보였다.

얼굴에 날카로운 상처를 가지고 있는 금발 미녀는 차가운 눈으로 땅 위에 쓰러져 있는 생체 병기를 내려다봤다.

"존 소령."

"예, 대령님."

"상황은?"

"메멘토모리 대파. 중상자 2명입니다."

"쯧."

존 카터 소령의 보고에 마리사는 혀를 찼다.

미군 기계화부대 10명과 생체 병기 1기의 전투.

그 결과는 처참했다.

먼저 미군 기계화부대의 자랑거리였던 전자투사포 메멘토모리가 대파되었다.

어디 그뿐인가?

사상자가 나오진 않았지만 전투에 참여하지 못할 만큼 파손된 사이보그 부하가 두 명이나 나왔다.

마리사의 입장에서는 크나큰 손실이 아닐 수 없었다.

"메멘토모리의 수리는 불가능한가?"

"예. 본부로 가지고 가지 않는 이상 현지에서의 수리는 불가능합니다."

"그렇다면 어쩔 수 없지."

마리사는 아쉬운 표정을 지었다.

사실 마리사는 생체 병기를 가볍게 보고 있었다.

자신을 포함한 미군 사이보그 병사 10명이면 생체 병기 1기 정도는 상대할 수 있을 거라 생각했다.

하지만 그것은 명백한 오산이었다.

생체병기가 가지고 있는 붉은색 배리어의 방어력은 마리사의 예상을 웃돌았다.

사이보그 병사들이 가지고 있는 병기로도 변변찮은 타격조차 입히지 못했던 것이다.

만약 마리사가 무리하게 메멘토모리를 사용하지 않았다면 지금쯤 어떻게 되었을지 알 수 없었다.

덕분에 메멘토모리를 잃게 되었지만.

"이제 어떻게 하실 생각입니까?"

"이대로 임무를 포기할 수는 없지. 예정대로 진행한다."

마리사는 즉답했다.

생체 병기와 전투를 벌이며 입은 타격을 본다면 이대로 임무를 수행하는 것은 무리가 있었다.

그만큼 생체 병기의 전투력은 무시할 수 없었으니까.

한국 지부의 조사대만 보더라도 생체 병기와 조우한 후 임무를 계속할 것인지, 아니면 포기할 것인지 내부분란마저 생기지 않았던가?

"알겠습니다."

하지만 미군 기계화부대는 마리사의 결정에 아무도 반론을 펼치지 않았다.

그들은 철저한 상명하복의 사회인 군대의 일원이었다. 명령 불복종은 있을 수 없었다.

그리고 미군 기계화부대의 사이보그 병사들은 전부 마리사를 신뢰하고 있었으며 그 어떤 명령에도 따를 각오를 하고 있었다.

어쩌면 또다시 생체 병기와 전투를 하게 될지도 모르는데도 공포에 질린 자조차 없었다.

"전투 데이터의 기록은 어떻게 되었지?"

"거의 완료되었습니다."

미군 기계화부대가 생체 병기와 싸우면서 잃기만 한 건 아니었다.

확실히 메멘토모리를 잃은 건 타격이 컸지만, 얻은 것도 있
었다.

바로 전투 데이터였다.

생체 병기와 싸우면서 얻어낸 그 정보라면 분명 다음 전투
에 도움이 될 터.

그리고…….

"역시 직접 이곳에 오길 잘한 것 같군."

마리사는 눈앞에 있는 생체 병기를 내려다보며 싸늘한 미
소를 지었다.

사해문서 속에서 예언되어 있는 미지의 적.

마리사를 비롯한 미군 기계화부대는 지금 어마어마한 가
치를 지닌 전리품을 획득한 것이다.

"프레드 중사와 커프 하사는 메멘토모리의 잔해를 지키도
록."

마리사는 전투에 참가하기 힘들 정도의 피해를 입은 두 명
의 병사에게 자리를 지킬 것을 명령했다.

그리고 한국 지부의 아티팩트 비밀 연구소가 있는 환상의
섬 중심부 쪽을 바라봤다.

"다음 목표는 브론즈 미러(Bronze Mirrors)다."

마리사의 아름다운 얼굴에 차가운 미소가 걸렸다.

제 5 장
아티팩트 비밀 연구소 진입

"처참하네요."

아티팩트 비밀 연구소로 진입하자마자 이진영이 내뱉은 첫 말이었다.

그녀의 말대로 연구소 로비에는 대량학살의 흔적이 남아 있었다. 레드폭스 중대원들이 랜턴으로 비추고 있는 로비의 벽이나 천장에 검붉은 핏자국들이 뿌려져 있었던 것이다.

그것들을 본 조사대는 하나같이 눈살을 찌푸렸다.

무언가 날카로운 무기에 당하지 않은 이상 핏자국이 천장에까지 날 리 없었다.

"……."

그리고 무엇보다 연구소 내부는 기분 나쁠 정도로 조용했다. 그뿐만이 아니라 전기가 끊겼는지 어두웠다.

어두컴컴한 연구소 내부를 랜턴으로 둘러보는 조사대는 긴장된 표정을 지울 수 없었다.

이런 어둠속에서 무언가가 갑자기 튀어나올 수 있다는 공포심이 들었던 것이다.

"라이트(Light)."

그때 현성이 1클래스 빛 마법을 시전했다.

밝게 빛나는 광구가 조사대의 머리 위에서 연구소 로비 전체를 밝혔다.

"윽!"

하얀빛 아래에 드러난 로비의 모습을 본 이진영이 헛구역질을 했다.

로비는 온통 핏자국으로 도배되어 있었다. 거기다 연구원들의 일부분이라고 생각되는 팔이나 다리가 로비 곳곳에 나뒹굴고 있었다.

조사대가 랜턴으로 비쳐본 핏자국은 그저 빙산의 일각이었을 뿐이었던 것이다.

그 장면을 본 조사대의 긴장감도 덩달아 올라갔다.

이런 대량 학살을 벌인 무언가가 아직 연구소 내부에 있을지도 몰랐으니까.

"대체 연구소에 무엇이 있는 거죠?"

"……."

이진영의 조용한 질문에 아무도 대답할 수 없었다.

다만 적어도 숲 속에서 만난 생체 병기 외에 다른 무언가가 있다는 것쯤은 충분히 알 수 있었다.

"연구소의 전력은 어디서 얻습니까?"

"연구소 밖에 발전소가 있네. 대부분의 전력은 그곳에서 얻지."

현성의 질문에 김태성이 대답했다.

"비상발전기 같은 건 없습니까?"

"아, 그것도 있네. 지하 1층에 비상발전기실이 있지."

"그럼 그곳에서 전력부터 얻도록 하지요."

그 말에 김태성을 비롯한 조사대는 고개를 끄덕였다.

이미 늦은 밤 시간이라 전등의 불빛이 없는 연구소 내부는 어두웠다.

그리고 내부보안과 화재에 대비하기 위해 두터운 철문이나 방화문으로 막혀 있는 구역도 있었다. 그런 곳을 열기 위해서는 전력이 필요했다.

그래야 연구소 내부로 진입해 들어갈 수 있으니까.

그렇게 조사대는 비상발전기가 연구소 지하로 움직이기 시작했다.

* * *

"……."

스스슥.

어스름한 시야 밖에 보이지 않는 숲 속.

아무것도 없는 허공에서 은신을 풀고 나타난 인물이 있었다.

키리카쿠레 사루토비였다.

"이건 뭐지?"

환상의 섬 중심부로 이동을 하고 있던 사루토비는 정체를 알 수 없는 생물체의 잔해를 발견했다.

한국 지부에서 파견한 조사대와 조우했던 다섯 마리의 생체 병기 중 하나로 미군 기계화부대 메멘토모리의 단 일격에 파괴당한 개체였다.

"설마 이게 사해문서의?"

형체를 알아보기 힘들 정도로 파괴되어 있었지만, 이질감만큼은 아직 남아 있었다.

거무튀튀한 잔해에서 느껴지는 본능적인 혐오감.

사루토비는 확신했다.

눈앞에 있는 잔해는 사해문서에 예언되어 있는 적이라고.

일본 지부의 정예 닌자부대인 12신장을 뒤에서 조종하는 사루토비 또한 마법 협회의 기밀인 사해문서에 대해 어느 정도 정보를 알고 있었다. 그 덕분에 눈앞에 있는 잔해가 무엇인지 금방 눈치챈 것이다.

"생각지도 못한 수확이군."

사루토비는 입가에 씩 미소를 지었다.

사루토비의 본래 목적은 한국 지부가 발견한 청동거울, 즉 야타노카가미를 회수하는 일이었다.

그 임무를 위해서 12신장을 투입했으나 결과는 전멸.

야타노카가미의 모습은 구경도 하지 못했다.

그런 상황에서 눈앞에 발견한 잔해는 뜻밖의 기회였다.

본래 임무 목적인 야타노카가미보다 가치는 떨어지지만, 적어도 일본 지부에 돌아갈 면목은 세울 수 있을 테니까.

"분명 이것 말고도 더 있을 거야."

사루토비는 작은 기대를 품었다.

일본 지부에 도움이 될 만한 것들을 회수해서 돌아간다면 문책을 덜 받게 될 테니 말이다.

그렇게 생각한 사루토비는 스텔스 슈트를 작동시켰다.

스스슥.

사루토비는 어둠 속으로 녹아들 듯이 모습을 감췄다.

남은 건, 어두운 숲 속의 수풀과 나무들뿐이었다.

＊　　　＊　　　＊

아티팩트 비밀 연구소 지하 1층.

라이트 마법을 앞세우고 주변을 경계하며 조사대는 로비에서 복도를 지나 지하 1층에 들어섰다. 그동안 여기저기에서 연구원들이 희생된 흔적들이 발견되었다.

그 외에는 기분이 나쁠 정도로 조용했다.

마치 폭풍전야처럼.

"이곳이네."

어느덧 비상발전기실 앞에 도착한 조사대는 주변을 경계했다. 그리고 비상발전기실의 하얀색 문은 굳건히 닫혀 있었다.

"김태일 중사."

신성일 중위는 부하의 이름을 불렀다.

그러자 레드폭스 중대의 대원 중 하나가 비상전기실의 문을 살펴본 후 열려고 했다.

철컥철컥!

하지만 유감스럽게도 문은 잠겨 있었다.

"……."

김태일 중사라고 불린 레드폭스 중대원은 동료 한 명과 눈빛을 주고받았다.

타타탕! 쾅!

그리고 김태일 중사는 손잡이에 K—2 소총의 5.56밀리 탄을 갈긴 후 동료 한 명과 함께 문을 발로 찼다.

텅!

문이 활짝 열리자마자 김태일 중사와 레드폭스 중대원 한 명은 구르듯이 비상발전기실에 돌입한 후, 피카티니 레일 시스템에 장착된 플래시 라이트로 주변을 확인했다.

"이상 무!"

"이상 무!"

그 뒤를 이어 조사대도 비상발전기실 안으로 들어왔다.

"박지훈 상사와 김태일 중사는 비상발전기의 전력을 확보하도록 하고 나머지는 주변 경계를 해라."

신성일 중위는 레드폭스 중대에게 명령을 내렸다.

박지훈 상사와 김태일 중사는 전기계통의 자격증을 가지고 있는 전문가로, 비상발전기를 작동시키기 위해 작업을 시작했다.

레드폭스 중대가 비상발전기를 가동하기 위해 작업을 시작하자 현성은 김태성을 바라보며 입을 열었다.

"청동거울은 어디에 있습니까?"

"연구소 최하층에 있네. 지하 5층이지."

"지하 5층이라……."

지금 자신들이 있는 곳은 지하 1층.

앞으로 4층을 더 내려가야 했다. 청동거울이 있는 실험실까지 내려가는 동안 아무 일이 없다면 더할 나위 없이 좋겠지만, 환상의 섬에 상륙 후 연구소까지 오는 동안 숲 속에서 있었던 일을 생각해 본다면 호락호락하지 않을 가능성이 있었다.

'그리고 연구실 내부의 마나 밀도가 높은 게 걸리는군.'

생체 병기들로부터 신강현을 데리고 벗어나는데 성공한 현성은 마나 회복을 하던 중 환상의 섬 중심에서 대량의 마나가 흘러오고 있다는 사실을 알 수 있었다.

그리고 지금 연구소 내부에 들어온 현성은 상당한 마나 밀도를 느끼고 있었으며, 김태성을 비롯한 다른 마법사들도 어렴풋이나마 느끼고 있는 듯했다.

'대체 연구소 중심부에 뭐가 있는 거지?'

지금 느껴지는 마나는 분명 청동거울이 있는 비밀 연구소의 최하층에서 흘러나오고 있을 터.

어쩌면 연구소 내부에 흐르고 있는 비정상적일 정도의 마나와 청동거울은 서로 연관이 있을지도 몰랐다.

'하지만 속단은 금물이지. 직접 확인해 보지 않는 이상 어떻게 되어가고 있는지 알 수 없으니 말이야.'

현성은 어떻게 해서든 청동거울을 볼 생각이었다.

우우웅!

그때 지하실에서 비상발전기의 가동음이 울려 퍼졌다.

팅! 티티팅!

그리고 연구소 내부로 비상 전력이 공급되면서 비상발전실과 복도의 전등 불빛이 켜지기 시작했다.

"다행히 고장은 나지 않은 모양이군요."

밝아져 오는 지하실을 바라보며 현성은 다행스러운 표정

을 지었다.

이로써 어둠을 두려워 할 이유는 없어졌으니 말이다.

하지만…….

키아아아!

"……!"

어디선가 많이 들어 본 듯한 괴성이 멀리서 들려왔다.

"서, 설마……?"

김태성과 신성일 중위는 인상을 찌푸렸다.

괴성 소리가 점점 자신들이 있는 쪽으로 다가오고 있었던
것이다.

불쑥!

얼마 지나지 않아 비상발전기실 입구에 하얀 가운을 걸친
인영이 갑작스럽게 나타났다. 살아 있는 시체가 되어버린 아
티팩트 비밀 연구소의 연구원이었다.

비상발전기실 입구는 오른쪽은 막혀 있었으며, 정면 통로
와 왼쪽에 통로가 나 있었다. 지금 나타난 연구원은 왼쪽 통
로를 통해 갑자기 모습을 드러낸 것이다.

"젠장!"

타타탕!

크에엑!

레드폭스 중대원들은 이미 죽어 있는 연구원이 나타나자
사격을 가했다. 총탄 세례를 받은 연구원은 온몸을 흔들다가

바닥에 쓰러졌다.

"좋지 않군요."

그 장면을 본 이진영이 나직한 목소리로 중얼거렸다.

그리고 조사대 모두 그녀와 똑같은 생각이었다.

키아아!

이곳저곳에서 울려 퍼지는 괴성이 들려왔다.

전력이 끊겨 각각 연구 구역에 갇혀 있던 연구원들이 다시 풀려 나오기 시작한 것이다.

크룩? 컹컹!

"망할……."

이번에는 비상발전기 입구 쪽에서 개 두 마리가 나타났다.

연구소의 경비견인 도베르만인 모양이었다.

하지만 절대 정상적으로 보이지 않았다. 몸 전체가 반쯤 썩어가고 있었으니까.

"쏴! 빨리!"

투타타타!

신성일 중위의 명령에 레드폭스 중대는 사격했다.

하지만 도베르만 두 마리는 연구원들과 달리 움직임이 날렵했다. 지그재그로 움직이면서 벽을 타고 조사대를 향해 달려들었던 것이다.

"우와아아악!"

열심히 사격을 하고 있던 김태일 중사가 미처 달려드는 도베르만을 피하지 못하고 뒤로 넘어졌다.

썩은 악취를 풍기는 도베르만 두 마리에게 덮쳐지기 일보 직전의 상황!

"그래비티(Gravity)."

현성은 조용히 4클래스 중력 마법을 시전했다.

쿵! 깨갱!

지구 중력의 10배 이상에 해당하는 과부하가 걸리자 도베르만 두 마리는 그 자리에서 납작하게 지하실 바닥에 파묻혔다.

하지만 그 상황에서도 도베르만들은 다리를 꿈틀꿈틀거리며 자리에서 일어나려고 발버둥을 치고 있었다.

탕! 탕!

신성일 중위가 두발의 소총탄을 도베르만의 머리에 꽂아 넣었다.

머리를 관통당한 도베르만은 그대로 뻗었다.

크아아아!

그때 비상발전기실 입구에서 괴성이 들려왔다.

조사대의 시선이 향한 그곳에 코를 찌르는 악취와 함께 살아 있는 시체들이 정면 통로에서 하나 둘 나타나고 있었다.

"망할……."

타타탕!

조사대는 욕지거리를 내뱉으며 시체가 되어버린 연구원들

을 상대하기 시작했다.

＊　　　＊　　　＊

"드디어 도착했군."

어둠속에서 을씨년스럽게 서 있는 하얀 건물.

마법 협회 한국 지부의 아티팩트 비밀 연구소 앞에서 마리사는 조용히 중얼거렸다.

"이자들은……?"

그리고 미군 기계화부대는 비밀 연구소 앞에 쓰러져 있는 자들을 발견했다.

"일본 지부에서 파견한 자들 같군."

마리사는 바닥에 쓰러져 있는 검은색 암행복을 입고 있는 자들을 바라보더니 차가운 웃음을 흘렸다.

바닥에 쓰러져 있는 자들은 일본 지부에서 파견한 닌자부대 12신장들이었다.

그들이 자결을 한 직후, 오리하르콘으로 제작된 슈바르츠 아이젠 판처는 원래 모습으로 돌아갔다.

그 덕분에 닌자들은 검은색 암행복 차림을 하고 있었다.

"그것들에게 당한 걸까요?"

"글쎄……."

닌자들 모습을 확인하는 존 카터 소령의 말에 마리사도 의

문스럽기는 마찬가지였다.

주변 일대가 마치 폭격을 맞은 것처럼 엉망진창이었으니까.

땅바닥 여기저기에 크레이터가 생겨나 있는가 하면 나무들이 우수수 쓰러져 있었다.

일본 닌자부대가 무언가와 한바탕했다는 흔적이 역력하게 남아 있었던 것이다.

"경계 레벨을 올리도록 하겠습니다."

"그렇게 하도록."

존 카터 소령의 말에 마리사는 고개를 끄덕였다.

이곳까지 오는데 중상을 입은 부하 두 명을 메멘토모리와 함께 두고 왔다.

남은 건 이곳에 있는 여덟 명뿐.

만약 숲에서 조우한 곤충처럼 생긴 정체불명의 생명체를 다시 만나게 된다면 쉽게 넘어 갈 수는 없을 것이다.

"그럼 진입한다."

하지만 마리사는 개의치 않았다.

미군 기계화부대의 목적은 어디까지나 임무를 완수하는 것뿐. 목숨을 잃는다고 해도 상관없었다.

기계의 몸을 가진 순간부터 말이다.

그렇게 미군 기계화부대는 주변 경계를 하면서 한 명씩 아티팩트 비밀 연구소로 진입하기 시작했다.

미군 기계화부대가 아티팩트 비밀 연구소로 진입하고 얼마 지나지 않은 시각.

스스슥.

아무것도 없는 허공에서 검은 인영이 나타났다.

"겨우 여기까지 왔군."

검은 인영의 주인은 스텔스 슈트를 장비한 사루토비였다. 그는 아티팩트 비밀 연구소 앞에서 주변을 둘러보며 인상을 찌푸렸다.

"빌어먹을! 일본 지부의 정예 부대인 12신장이 이토록 허망하게 당해 버릴 줄이야."

사루토비는 아직도 잊을 수 없었다.

12신장들을 상대로 여유를 부리며 마법을 난사하던 소년 마법사를 말이다.

나이도 많지 않아 보이던 소년이 오리하르콘 마법 갑옷을 장착한 12신장들을 전부 쓰러뜨렸다.

대체 어디서 그런 마법사가 한국 지부에서 나타난 건지 사루토비는 도무지 알 수 없었다.

'뭐, 됐어. 일본 지부로 돌아가면 반드시 정보부 자식들을 요절내버릴 테니까.'

소년 마법사와 같은 실력을 가진 자가 한국 지부에 있는지 없는지 파악하지 못한 일본 지부의 정보부를 사루토비는 가만히 놔둘 생각이 없었다.

'일단은 12신장의 아티팩트부터 회수해야겠군.'

사루토비는 우선 본래 모습인 목걸이로 돌아간 슈바르츠 아이젠 판처(Schwarz Eisen Panzer:칠흑의 강철갑주)를 회수하기 위해 12신장들의 몸을 뒤지기 시작했다.

"……!"

순간 사루토비는 눈을 부릅떴다.

닌자들의 가슴에 걸려 있어야 할 목걸이가 없었기 때문이다.

'한국 지부 녀석들이 가져갔구나!'

으득.

사루토비는 이를 갈았다.

분명 한국 지부의 조사대들이 슈바르츠 아이젠 판처를 가져갔으리라.

'감히 일본 지부의 보물을 무단으로 가져가다니!'

사루토비는 분노로 몸을 떨었다. 슈바르츠 아이젠 판처는 일본 지부와 독일 지부가 공동으로 개발한 아티팩트다.

그 가치는 이루 말할 수 없었다.

"빌어먹을 조센징 자식들. 반드시 네놈들 손에서 슈바르츠 아이젠 판처를 되찾아주마."

사루토비는 차가운 눈빛으로 다짐을 하며 아티팩트 비밀 연구소를 노려봤다.

스스슥.

잠시 후, 사루토비의 몸에서 모자이크 같은 영상이 떠오르더니 이내 모습을 감췄다.

＊　　　　＊　　　　＊

아티팩트 비밀 연구소 지하 3층.

지하 1, 2층을 돌파한 조사대는 연구실들이 밀집되어 있는 지하 3층 복도에서 몰려드는 시체들을 상대하고 있었다.

"젠장!"

레드폭스 중대원들의 총탄에 수도 없이 쓰러져도 시체들은 쉴 새 없이 몰려들었다.

연구실 복도는 이미 쓰러져 있는 시체들로 가득 차다시피 하고 있었다.

"신성일 중위님! 이제 탄약이 얼마 남지 않았습니다! 이대로 가다간 당하고 말 겁니다!"

레드폭스 중대의 부대장을 맡고 있는 김성준 상사가 비명처럼 소리쳤다.

킬러돌과 일본 닌자들에게 당한 중대원들의 탄약도 챙기긴 했지만 역부족이었다.

환상의 섬에 상륙하고 나서 아티팩트 비밀 연구소로 오는 동안 레드폭스 중대는 상당히 많은 수의 탄약을 소진한 것이다.

그 때문에 조사대는 탄약을 보충하기 위해 아티팩트 비밀 연구소의 지하 3층에 있는 무기고를 향해 가고 있었다.

그곳이라면 부족한 탄약과 수류탄 등을 보충할 수 있을 테니까.

하지만 지하 3층을 돌파하는 일은 호락호락하지 않았다.

쉭!

돌연 연구소 복도의 공기를 가르는 소리가 들렸다.

"헛!"

무언가가 조사대를 스쳐 지나가자 신성일 중위는 놀란 표정을 지었다.

지금까지 시체들을 상대하면서 위험지정된 아티팩트로 공격을 해오는 경우가 있었기 때문이다.

만약 이런 좁은 장소에서 위험지정된 아티팩트로 공격을 해오는 시체들이 있다면 굉장히 위험했다.

그리고 또 다른 가능성도 있었다.

'설마 숲에서 본 괴물이……?'

신성일 중위를 비롯한 조사대는 긴장한 얼굴로 정면을 바라봤다. 그리고 이내 표정이 딱딱하게 굳어졌다.

"저게 뭐지……?"

연구소의 한쪽 벽면에 무려 1미터에 달하는 스콜피온처럼 생긴 생명체가 나타났기 때문이다.

형태는 일반적인 스콜피온과 같았지만, 크기가 큰 데다 전신이 검은색인 탓에 위압적으로 보였다.

쉭쉭!

순간 스콜피온의 꼬리 부분에서 마치 강철침 같은 것들이 파공성을 내며 조사대 쪽으로 날아들었다.

"실드(Shield)!"

현성은 조사대 바로 앞에 방어 마법을 시전했다.

콰쾅! 피이잉!

두 발의 강철침이 반투명한 방패에 박힌 채 부르르 떨고 있었다.

"으음……."

그 장면을 보며 현성은 신음성을 흘렸다.

생각보다 강철침의 위력이 강했던 것이다.

"어, 어디서 저런 괴물이……."

조사대는 믿기지 않는 눈으로 스콜피온을 바라봤다. 느낌이 숲에서 만났던 정체불명의 생명체와 비슷했지만 눈앞에 있는 스콜피온은 무언가 다른 느낌이었다.

숲에서 만난 정체불명의 생명체가 미지의 존재였다면 스콜피온은 어딘가 모르게 익숙한 느낌이 들었던 것이다.

"김태성 대장님. 저것에 대해 무언가 아는 게 없습니까?"

현성은 김태성을 바라보며 질문했다.

"난 모르네."

김태성은 고개를 흔들었다.

"그렇습니까?"

현성은 알겠다는 듯 고개를 끄덕였다.

하지만 현성은 놓치지 않았다.

김태성이 순간 망설이는 눈빛으로 스콜피온을 바라봤다는 사실을.

'지금은 그냥 넘어가주지.'

현성은 지금 당장 김태성을 추궁할 생각이 없었다.

지금은 그럴 상황도 아니었고, 그럴 여력도 없었으니까.

그리고 아직 물증이 없기 때문에 아무리 김태성을 윽박지른다고 해도 진실을 말할지 알 수 없는 노릇이었으며, 어느 정도 의심될 만한 증거가 생기기 전까진 그냥 두고 볼 생각이었다.

또한, 지금 탄약이 바닥을 보이고 있는 레드폭스 중대로는 눈앞에 있는 스콜피온을 상대하기 힘들었다.

애초에 레드폭스 중대의 화력으로 스콜피온의 단단한 키틴질 갑옷을 꿰뚫을 수 있을지도 미지수였다.

믿을 수 있는 건, 마법사들의 마법일 뿐.

"그럼……."

현성은 조사대의 앞으로 나섰다.

현성을 제외한 한국 지부의 마법사들이 스콜피온을 상대해도 되지만, 그러면 아무래도 시간이 오래 걸린다.

이런 곳에서 현성은 시간 낭비를 하고 싶지 않았다.

또한 연구소에 진입하고 나서 마나회복이 기하급수적으로 늘어나 몸이 근질근질했다.

그만큼 연구소 내부의 마나 밀도가 굉장히 높았다.

'이런 장소에서 한 며칠만 수련한다면 6서클을 만들 수 있을지도 모르겠군.'

그 생각에 쓴웃음을 한번 지은 현성은 눈앞에 있는 스콜피온을 바라봤다.

대체 어디서 저런 거대한 크기의 스콜피온이 나타난 것일까?

그리고 조금 전 김태성의 눈빛도 마음에 걸렸다.

숲 속에서 만났던 생체 병기의 경우 김태성은 전혀 모르는 눈치였지만, 스콜피온에 관해서는 무언가 알고 있는 것처럼 보였기 때문이다.

현성은 오른 손을 들어 올리며 손가락을 마주쳤다.

"번 플레어(Burn Flare)."

화르륵!

순간 스콜피온의 몸체에서 진홍색 불길이 치솟아올랐다.

키에엑!

그러자 스콜피온은 몸부림을 치며 연구실 복도를 굴러다녔다. 하지만 5클래스 화염 마법인 번 플레어가 쉽게 꺼질 리 없었다.

스콜피온에서 시작된 불길은 주변에 있던 연구원 시체들

에게 옮겨 붙으며 주변 일대가 화염 바다가 되었다.

무시무시한 열기가 조사대에게까지 느껴졌다.

그 모습을 무심한 눈으로 바라보던 현성은 왼손을 들어 올리더니 손가락을 마주쳤다.

딱!

손가락이 마주치는 소리가 울려 퍼지는가 싶더니 거짓말처럼 화염이 사라졌다.

애초에 현성의 마력으로 생성된 불길이었기 때문에 자신의 의지대로 꺼지게 만들 수 있었던 것이다.

"……."

조사대는 넋이 나간 얼굴로 현성을 바라봤다.

현성이 강하다는 건 이미 알고 있었지만, 이렇게 간단히 스콜피온과 그 주변에 있던 시체들까지 쓰러뜨리다니!

"가죠."

현성은 멍한 표정을 짓고 있는 조사대를 데리고 연구소 내부로 들어갔다.

가끔 나타나는 연구원들은 레드폭스 중대원들이 처리했다.

'이래선 생존자들이 없겠군.'

현성은 고개를 흔들었다.

연구소 내부는 온통 살아 움직이는 시체들밖에 없었다.

이런 곳에서 며칠 이상 살아남기란 여간 어려운 일이 아니었다. 생존자들은 거의 전무하다고 봐야 했다.

하지만 아직 단군신화에 등장하는 천부인 중 하나인 청동
거울이 남아 있었다.

어쩌면 숲 속에서 조우한 정체불명의 생명체들이 청동거
울을 통해서 넘어오고 있을 지도 몰랐다.

그 사태만큼은 김태성의 말대로 막아야 할 터.

현성을 선두로 조사대는 지하 3층에 있는 무기고를 향해
빠르게 이동을 시작했다.

제 6 장
울프독 프로젝트

아티팩트 비밀 연구소 지하 4층.

지하 3층 무기고에서 무기와 탄약을 보충한 조사대는 지하 4층으로 내려왔다.

무기고에는 다행스럽게도 탄약이 충분히 남아 있었다. 무기고에서 재정비를 끝낸 조사대는 곧장 지하 4층으로 내려왔다.

그리고 지하 5층 계단을 바라본 현성은 눈살을 찌푸렸다.

"막혔군."

지하 4층에서 5층으로 내려가는 계단이 무너져 내려 있었다.

지하 5층으로 내려가려면 다른 길을 찾아야 했다.

그때 김태성이 입을 열었다.

"반대쪽 연구동에 지하 5층으로 내려가는 길이 있네."

"다른 길이 있다니 다행이군요."

최악의 경우 지하 건물이 무너질지도 모르는 위험을 무릅쓰고 길을 뚫을까 생각 중이던 현성은 안도의 표정을 지었다.

사실 지하 5층까지 빠르게 가는 방법이 있긴 있었다.

바로 엘리베이터.

하지만 엘리베이터는 정상 작동을 하고 있지 않았다.

그리고 엘리베이터는 밀폐된 공간이었기 때문에 시체들의 습격을 받게 될 경우 큰 피해를 입을 가능성도 있었다.

그 때문에 조사대는 직접 계단을 통해서 움직이고 있었던 것이다.

"하지만 지하 4층을 가로질러 가야 하지."

김태성의 말에 조사대의 얼굴이 어두워졌다.

지하 4층을 가로 질러 가야 한다는 말은 곧 다시 시체들과 조우해야 될 가능성을 내포하고 있었으니까.

"움직이죠."

현성은 앞장서며 지하 4층 복도로 나갔다.

으어어어!

역시나 지하 4층에도 복도를 서성이며 배회하고 있던 시체들이 있었다.

그것들은 이내 조사대를 발견하고 달려오기 시작했다.

타타탕!

크에엑!

레드폭스 중대는 달려오는 시체들을 향해 5.56밀리 총탄을 갈기며 지하 4층 복도를 내달렸다.

레드폭스 중대의 총탄에 시체들은 단말마의 비명을 지르며 바닥에 쓰러졌다.

그 위를 조사대가 바람처럼 스쳐 지나갔다.

하지만…….

쿵!

돌연 조사대의 앞에 어두운 인영이 드리워졌다.

"저, 저건……?"

크르르!

조사대의 앞에 나타난 인영의 정체는 대형견이었다.

견종은 시베리안 허스키.

시베리아에서 유목생활을 하는 부족의 썰매를 끄는 썰매견으로 알려져 있으며 일반인들 사이에서는 늑대개로 통하는 개였다. 그런데 지금 그 시베리안 허스키가 조사대를 사납게 노려보고 있었다.

"살아… 있는 건가?"

눈앞에 있는 시베리안 허스키를 본 현성은 놀란 표정을 지었다. 숲 속에서 조우한 정체불명의 생명체는 둘째 치더라도 지금까지 만나온 생명체들은 전부 죽어 있는 시체들이었다.

아티팩트 비밀 연구소의 연구원들부터 경비견들까지.

하지만 눈앞에 있는 시베리안 허스키는 시리도록 차가운 푸른 눈을 빛내며 현성을 노려보고 있었다.

도저히 죽은 시체의 눈빛으로는 보이지 않았다.

아우우우!

시베리안 허스키는 늑대처럼 길게 울음소리를 냈다.

그리고 이변이 생겼다.

파직파직!

시베리안 허스키의 전신에 푸른색 스파크가 흘러나오기 시작한 것이다.

그뿐만이 아니었다.

전신을 긴장시키고 있는 시베리안 허스키의 몸 일부가 변화하고 있었다.

발과 다리, 그리고 등 부분의 털이 회색 금속으로 변화했다.

변화를 마친 시베리안 허스키는 마치 금속 갑옷을 입은 듯한 모습이었다.

'이 녀석 대체 뭐지?

처음부터 끝까지 시베리안 허스키의 변화를 지켜본 현성은 의문스러웠다.

지금까지 만난 생명체들은 전부 죽어 있었지만 눈앞에 있는 시베리안 허스키는 활발한 생명력을 가진 살아 있는 생명체였다.

거기다 숲 속에서 조우한 정체불명의 생명체가 가진 불길하고 혐오감이 느껴지던 그 느낌이 전혀 들지 않았다.

그렇다면 대체 눈앞에 있는 시베리안 허스키의 변화는 대체 무엇이란 말인가?

크르르!

그때 시베리안 허스키가 조사대를 노려보며 한차례 짖었다.

그 직후 시베리안 허스키의 모습이 사라졌다.

아니, 정확히 말하자면 푸른 잔상을 남기며 조사대를 향해 뛰어들고 있었다.

"큭!"

시베리안 허스키의 갑작스러운 행동에 현성은 눈살을 찌푸리며 조사대 앞으로 나섰다.

"더블 실드(Double Shield)!"

현성은 다급한 대로 3클래스 방어 마법을 시전했다.

스윽!

"……!"

순간 시베리안 허스키가 현성이 시전한 반투명한 방패를 순식간에 피해내며 왼편으로 뛰어드는 게 아닌가?

현성의 왼편으로 이동한 시베리안 허스키는 눈부신 속도

로 눈앞에 있는 적을 향해 달려들었다.

'이런!'

현성은 다급히 다음 마법을 시전했다.

"인챈트 오브 스틸(Enchant Of Steel)!"

3클래스 속성 부여 마법을 시전하자 현성의 양 손에 금속 속성이 걸리며 단단해졌다.

쾅!

시베리안 허스키의 강철 발톱과 현성의 강철 주먹이 서로 맞부딪치며 굉음이 울려 퍼졌다.

크륵?

한차례 현성을 스쳐 지나가며 공격을 주고받은 시베리안 허스키는 이해가 가지 않는 표정을 지었다.

지금까지 시베리안 허스키의 강철 발톱 앞에 쓰러지지 않은 존재가 없었기 때문이다.

시베리안 허스키는 현성과 거리를 벌렸다.

시리도록 차가운 푸른 눈동자가 현성을 노려본다.

잠시 후, 시베리안 허스키의 이마에서 푸른색 스파크가 방전되기 시작했다.

파직파직! 번쩍!

그리고 이내 푸른 전격이 한줄기 빛처럼 공간을 가르며 현성을 향해 쇄도해 왔다.

"스톤 실드(Stone Shield)!"

그것을 본 현성은 4클래스 속성 방어 마법을 시전했다.

그러자 현성의 앞에 돌로 이루어진 방패가 나타나 시베리안 허스키의 전격 공격을 막아냈다.

크르르.

시베리안 허스키는 강철 발톱과 전격 공격이 막히자 현성을 경계하는 눈초리로 노려봤다.

그리고 슬금슬금 뒤로 물러서더니, 지하 4층 복도에 있는 어느 한 연구실 앞에서 멈춰 섰다.

마치 이곳이 최후의 방어선이라고 선언이라도 하는 것처럼.

연구실 앞에서 자리를 잡은 시베리안 허스키는 현성의 눈치를 살폈다.

직감적으로 현성이 강자라는 사실을 인식한 모양이었다.

'뭐지?'

시베리안 허스키의 이해할 수 없는 행동에 현성은 의아한 표정을 지었다가 시베리안 허스키를 향해 한걸음 다가갔다.

크르르!

그러자 시베리안 허스키는 금방이라도 달려들 것처럼 사납게 짖는 게 아닌가?

그 모습에 현성은 한걸음 뒤로 물러섰다.

여전히 시베리안 허스키는 경계의 눈초리로 보내고 있었지만 현성이 한걸음 다가갔을 때보다 한결 누그러진 태도를 보였다.

'저 연구실에 무언가 있나 보군.'

시베리안 허스키의 행동을 보면 연구실을 지키고 있다고밖에 생각할 수 없었다.

그렇지 않고서야 방금 전과 같은 행동을 보일 리 없을 테니 말이다.

하지만…….

'문제는 저곳을 지나지 않으면 지하 4층에서 벗어날 수 없다는 점인데…….'

시베리안 허스키가 지키고 있는 연구실 앞을 지나야 지하 4층으로 내려가는 계단으로 갈 수 있었다.

하지만 지금 시베리안 허스키가 연구실을 지키는 행동을 보이며 복도를 막고 있었기 때문에 조사대는 지나갈 수가 없었다.

그리고 시베리안 허스키는 여전히 조사대, 정확하게는 현성에게서 눈을 떼지 않았다.

철컥!

그때 신성일 중위가 총구를 시베리안 허스키에게 겨냥했다.

크르르!

그러자 시베리안 허스키는 이를 드러내며 신성일 중위를 사납게 노려봤다.

누가 자신에게 적의를 가지고 위협을 가하는지 시베리안 허스키는 정확히 알고 있었던 것이다.

그것을 볼 때 시베리안 허스키의 지능이 결코 낮지 않다는 사실을 알 수 있었다.

"총 내리세요. 어차피 통하지도 않을 겁니다."

단 두 번 시베리안 허스키의 공격을 받아낸 현성은 군용 돌격소총이라고 해도 상대하기 힘들다는 사실을 간파했다.

눈앞에 있는 시베리안 허스키라면 전광석화와도 같은 몸놀림으로 총탄을 전부 피할 수 있을 테니 말이다.

다름 아닌 시베리안 허스키에서 방전되어 나오던 푸른색 스파크의 힘으로.

"김태성 대장님, 무언가 할 말 없습니까?"

"……!"

눈길조차 주지 않고 갑자기 자신의 이름을 부르는 현성의 말에 김태성은 표정을 굳혔다.

"나는… 모르네."

"정말입니까?"

현성은 고개를 돌려 김태성을 차가운 눈초리로 노려봤다.

마치 확신범을 바라보는 눈초리였다.

하지만 그럼에도 김태성은 애써 태연함을 가장한 채 오리발을 내밀었다.

"이 연구소에서 일어나고 있는 일에 대해서 알고 있는 사항은 없네."

"그럼 저 개에 대해 서진철 관장님은 알고 있겠군요."

"그, 그건……."

"뭐, 됐습니다. 제 눈으로 직접 확인하면 될 테니까요."

그렇게 말한 현성은 터벅터벅 시베리안 허스키가 있는 쪽을 향해 발걸음을 옮겼다.

크르르!

그러자 당연히 시베리안 허스키가 현성을 향해 이를 드러내며 강한 적대감을 보였다.

하지만 현성은 개의치 않았다.

어차피 지하 4층으로 가려면 어떻게 해서든 시베리안 허스키를 통과해야 했으니까.

그리고 현성은 시베리안 허스키가 지키고 있는 연구실에 김태성과 서진철 관장이 숨기고 있는 무언가가 있다고 확신하고 있었다.

파직파직!

현성이 다가가면 갈수록 시베리안 허스키는 적대감을 높이며 푸른색 스파크를 방전시켰다.

크앙!

푸른색 스파크를 방전하던 시베리안 허스키는 강철 발톱을 앞세우고 현성을 향해 달려들었다.

"자이언트 너클(Giant Knuckle)."

현성은 4클래스 마법을 시전했다.

마나로 이루어진 거대한 너클이 시베리안 허스키의 옆구리 부분에서 생성되었다.

펙!

깨갱!

옆구리에 불의의 일격을 받은 시베리안 허스키는 달려오던 기세를 잃고 연구소 바닥을 나뒹굴었다.

끄응끄응.

시베리안 허스키는 제법 타격이 컸는지 신음을 흘리면서도 바닥에서 일어나려고 안간힘을 썼다.

그런 시베리안 허스키를 뒤로하고 현성은 연구실 쪽으로 발걸음을 옮겼다.

크아앙!

그러자 시베리안 허스키는 절규 같은 포효를 내질렀다.

그리고 온몸으로 푸른색 스파크를 방전하며 현성을 향해 달려들었다.

그 모습은 마치 푸른 전광이 현성을 향해 쏟아지는 것처럼 보였다.

쾅!

시베리안 허스키의 강철 발톱과 현성의 강철 주먹이 서로 맞부딪쳤다.

이미 현성은 시베리안 허스키의 공격을 예측하고 대비를

해놓았다.

신체강화술인 레이포스를 활성화시켰으며, 2클래스 보조 마법인 스트랭스와 헤이스트도 시전한 상황이었다. 거기다 인챈트 마법으로 두 팔에 금속 속성을 부여해 놓고 있었다.

만반의 준비를 해놓고 있던 상황이라 시베리안 허스키의 공격을 쉽게 막아냈다.

하지만 시베리안 허스키의 공격은 끝이 아니었다.

콰쾅! 쾅!

시베리안 허스키는 현성의 주변을 고속으로 이동하면서 강철 발톱을 휘두르며 현성을 공격했다.

그 공격을 현성은 종이 한 장 차이로 피해냈다.

이미 펜타 맥스 헤이스트를 몸에 걸어놓았던 것이다.

그렇게 현성과 시베리안 허스키는 지하 4층 복도 전체를 누비며 빠른 공방전을 벌였다.

그 모습을 조사대의 동체시력으로는 보기 힘들었다.

차원이 높은 고속 세계에서 벌어지는 전투였으니 말이다.

"파이어 임팩트(Fire Impact)!"

콰앙!

돌연 지하 4층 복도에서 커다란 불꽃 폭발이 일어났다.

현성의 반격이 시작된 것이다.

쾅! 콰앙! 콰아앙!

불꽃 폭발은 연이어 세 번 울려 퍼졌다.

깨갱!

그리고 불꽃 폭발 속에서 살짝 검게 그을린 시베리안 허스키가 튕겨져 나오더니 바닥을 굴렀다.

"……."

그 뒤를 이어 현성이 모습을 드러냈다.

연달아 마법을 사용하면서 시베리안 허스키를 상대한 현성은 가쁜 숨을 몰아쉬고 있었다.

'마나를 너무 썼어.'

시베리안 허스키를 상대하면서 현성은 제법 많은 마법을 사용했다. 그 덕분에 지금 상당히 마나가 줄어들어 있었다.

그렇다고는 해도 지하로 내려가면 갈수록 마나 밀도가 높아져 있었기 때문에 조금만 쉬면 다시 회복할 수 있지만 말이다.

그에 반해 시베리안 허스키가 입은 타격은 많이 컸다.

끼이이잉.

시베리안 허스키는 바닥에 드러누운 채 혀를 길게 빼물고 숨을 몰아쉬고 있었으니까.

아무리 몸의 일부를 금속으로 변화시켰어도 현성의 파이어 임팩트의 불꽃 폭발을 고스란히 받았으니 피해가 클 수밖에 없었다.

당분간 시베리안 허스키는 바닥에 쓰러진 채 움직이지 못할 것이다.

"그럼……."

현성은 시베리안 허스키가 지키고 있던 연구실 쪽으로 몸을 돌려 발걸음을 옮기기 시작했다.

크아아앙!

파지지직!

바로 그 순간 현성을 향해 푸른색 전격이 공간을 가르며 달려들었다.

하지만 푸른색 전격은 현성의 몸에 채 닿기도 전에 힘을 잃고 사라졌다. 현성은 자신을 공격한 시베리안 허스키를 물끄러미 바라봤다.

끼잉끼잉.

시베리안 허스키는 시리도록 차가운 푸른 눈을 형형히 빛내며 연구실로 가려고 하는 현성을 향해 땅바닥을 기어오려고 했다.

"대체 여기에 무엇이 있기에 그러는 것이냐."

한낱 미물이 필사적으로 자신을 막으려 들자 현성은 궁금함이 생기지 않을 수 없었다.

현성은 시베리안 허스키가 지키고 있던 연구실을 향해 다가갔다. 그 모습을 시베리안 허스키는 그저 바라보고만 있을 뿐이었다.

조금 전 전격에 모든 힘을 쏟아부어 더 이상 움직일 기력이 없었던 것이다.

생명공학 연구실.

'생명공학?'

현성은 연구실 입구에 걸려 있는 이름을 보고 의아한 표정을 지었다.

'아티팩트 연구소에 무슨 생명공학 연구실이지?'

마법 협회 한국 지부 아티팩트 비밀 연구소는 고대 유적에서 발굴한 아티팩트를 연구하는 장소일 터였다.

그런데 생명공학 연구실이라니?

'카드키가 필요하군.'

생명공학 연구실 문에는 카드키가 필요한 디지털 도어락이 설치되어 있었다.

현성은 생명공학 연구실 앞에서 잠시 마나를 모은 후, 5클래스 전격 계열 마법을 시전했다.

"썬더 볼트(Thunder Blot)."

파지지직! 덜컹!

디지털 도어락에서 강렬한 노란색 스파크가 튀더니 생명공학 연구실의 두터운 철문이 열렸다.

현성은 빠른 걸음으로 생명공학 연구실로 들어갔다.

"이, 이건……?"

연구실 내부는 제법 넓었다.

족히 50평은 되어 보이는 크기에 중앙에는 원통형 유리관들이 세워져 있었으며, 그 안에는 갖가지 생명체들이 보존액 속에서 잠들어 있었다.

원숭이, 개, 고양이, 쥐를 비롯한 동물들과, 비정상적인 크기를 가진 전갈이나, 개미, 거미 같은 곤충들까지.

"이것들은 다 뭡니까?"

현성은 자신의 뒤를 따라 들어온 조사대 속에 있는 김태성을 날카로운 눈으로 노려보며 말했다.

실험관 속의 동물이나 곤충들은 정상적인 모습이 아니었다.

곤충의 경우 본래 크기보다 수십 배 이상 컸으며, 몸의 일부가 금속화되어 있는 동물들도 있었다.

명백하게 생명공학 연구실에서 동물과 곤충을 대상으로 생체 실험을 해왔다는 증거가 곳곳에 남아 있었던 것이다.

"아티팩트 연구소는 이곳에서 대체 무엇을 하고 있었던 겁니까?"

현성은 결코 곱지 않은 시선으로 김태성을 노려봤다.

"그건 저희도 무척 궁금하군요."

"대답해 주시겠습니까?"

이진영과 이진혁도 현성의 말에 이어 김태성에게 설명을 요구했다.

김태성을 제외한 조사대의 멤버들 또한 아티팩트 비밀 연구소에 이런 연구실이 있다는 소리는 금시초문이었던 것이다.

그들도 아티팩트 비밀 연구소는 위험지정된 아티팩트를 연구하는 시설로만 알고 있었다.

그런데 이런 생체 실험 장소가 있었을 줄이야.

"……"

그들의 질문에 김태성은 침묵했다.

아티팩트 비밀 연구소에서 행해지고 있는 모든 일은 단순히 한국 지부만의 비밀이 아니었다.

대한민국과 마법 협회의 양쪽을 포함하는 기밀이었던 것이다.

김태성은 오래전부터 한국 지부를 위해서 수많은 임무들을 해결해 왔다.

그 덕분에 서진철 관장으로부터 두터운 신임을 얻게 되었으며, 아티팩트 비밀 연구소의 진정한 목적에 관한 정보와 여러 가지 기밀 사항에 접근할 수 있는 권한을 얻었다.

그리고 한국 지부의 아티팩트 비밀 연구소는 오직 한가지 목적을 위해서 움직인다.

유적에서 발견된 오파츠의 연구나, 생명공학연구는 목적 달성을 위한 수단에 지나지 않았다.

모든 것은 사해문서에 예언되어 있는 그때를 대비하기 위해서.

"나에게 물어본들 무엇하겠나. 눈에 보이는 대로라네. 아티팩트 비밀 연구소는 생체 실험을 위한 위장이었을 뿐이지."

잠시 침묵하던 김태성은 이내 현성의 질문에 순순히 대답해 주었다.

아티팩트 비밀 연구소의 일들이 비록 기밀사항에 속하긴 하지만 지금처럼 눈앞에 증거가 명확하게 드러난 상황에서 숨기는 건 좋지 않다고 판단한 것이다.

"그 말은 마법 협회 한국 지부에서 동물들이나 곤충들을 상대로 생체실험을 하고 있었다는 이야기입니까?"

"그렇네."

"……!"

김태성의 말에 조사대의 멤버들은 놀란 표정을 지었다.

아티팩트 비밀 연구소에서 생체실험을 하고 있었다니!

"그럼 복도에 있던 늑대개도?"

"그 개는 울프독 프로젝트(WolfDog Project)의 프로토타입(Prototype)이지."

"……"

현성은 할 말을 잃었다.

몸의 일부를 금속으로 변화시키고, 전기까지 방전하던 시베리안 허스키. 그 늑대개가 인간이 인위적으로 조작한 결과물이었을 줄이야!

그 모습은 마치…….

"아티팩트 비밀 연구소에서 생물 병기를 연구하고 있었단 말입니까?"

"자네 말대로네."

김태성은 고개를 끄덕이며 시인했다.

현성이 상대했던 시베리안 허스키는 아티팩트 비밀 연구소에서 생물 병기로 연구 중이던 울프독 프로젝트의 실험체였다.

그 외에도 다양한 생물 병기를 만들어내기 위해 아티팩트 비밀 연구소에서 연구를 진행하고 있었다.

"아티팩트 비밀 연구소에서는 다양한 연구를 하고 있지. 울프독 프로젝트는 그중 하나에 지나지 않아. 우리가 봤던 그 스콜피온도 연구의 결과물이네."

"그 스콜피온도……."

"하지만 스콜피온 같은 곤충 병기는 대부분 실패했다네. 보존액 속에서 벗어나면 바로 죽어버린다고 하더군."

"그럼 우리가 본 스콜피온은 어째서?"

"그것… 때문이 아닌가 생각이 드는군."

"숲에서 본 정체불명의 생명체 말입니까?"

현성의 말에 김태성은 고개를 끄덕였다.

본래 스콜피온을 비롯한 곤충 병기들은 아직 개발 중이라 실전 투입은 어려운 상황이었다.

보존액에서 벗어난 순간 얼마 지나지 않아 활동을 정지했기 때문이다.

하지만 조사대가 만난 스콜피온은 그렇지 않았다.

본래라면 죽었어야 할 스콜피온이 멀쩡하게 돌아다니는 것도 모자라 조사대를 습격해 왔다.

김태성의 말대로 정체불명의 생명체가 조종하고 있었다는 사실이 타당하리라.

'하지만 그것보다 더 중요한 사실이 있지.'

현성은 모든 사실을 순순히 이야기하고 있는 김태성을 차가운 눈으로 노려봤다. 설마 한국 지부에서 생물 병기 같은 걸 연구하고 있을 줄은 꿈에도 몰랐다.

"서진철 관장도 알고 있습니까?"

"그렇네. 이 모든 건 그분의 명령으로 하고 있는 것이니."

"……"

김태성의 대답에 현성의 눈빛이 차갑게 가라앉았다.

현성은 자신의 실력을 드러냈을 때 서진철 관장을 말을 떠올렸다. 그때 서진철 관장은 마법 협회 한국 지부가 어떤 곳인지 자신 있게 인천 역사 유물 박물관에 대해 알아보라고 했다.

그런데 뒤에서 이런 일을 벌이고 있었을 줄이야!

그리고 문제는 따로 있었다.

현성은 김태성을 차갑게 노려보며 입을 열었다.

"대체 무슨 목적으로 마법 협회 한국 지부에서 생물 병기를 개발하고 있는 거지?"

"그건 서진철 관장님에게 직접 물어보도록 하게."

"지금 당장 말하는 게 좋을……."

끼잉.

그때 연구실 한쪽 구석에서 앓는 소리가 들려왔다.

"……!"

갑작스러운 사태에 조사대는 긴장된 눈으로 신음 소리가 들려온 쪽을 바라봤다.

그리고 현성이 소리가 들려온 쪽으로 다가갔다.

"이건?"

현성은 연구실 구석에서 몸을 웅크리고 있는 작은 생명체를 발견했다.

생명체는 다름 아닌 시베리안 허스키 강아지였다.

그리고 주변에 여러 마리의 시베리안 허스키 강아지들이 누워 있었다.

하지만 주변에 있는 강아지들은 꼼짝도 하지 않았다.

'죽었군.'

강아지들을 확인한 현성은 고개를 흔들었다.

지금 현성의 눈앞에서 앓는 소리를 내고 있는 강아지 외에는 전부 다 죽어 있었다.

그리고 앓는 소리를 내고 있는 강아지의 상태 또한 좋지 않았다. 기력이 많이 떨어진 데다 몸 여러 군데에 작은 상처가 나 있었던 것이다.

"강아지들 때문이었나."

현성은 착잡한 눈빛으로 강아지들을 바라봤다.

복도에 있는 시베리안 허스키가 어째서 자신을 막으려고 했는지 눈앞에 있는 강아지들을 보고서야 알 수 있었다.

시베리안 허스키는 자신의 새끼들을 지키기 위해서 필사적이었던 것이다.

분명 시베리안 허스키는 혼자서 이 연구실을 지키며 살아 있는 시체들과 싸워왔으리라.

"힐."

현성은 강아지에게 치유 마법을 걸어 상처를 치료했다.

그리고 마나를 불어넣으며 강아지가 기운을 차리게 만든 후, 품에 안아들었다.

할짝할짝.

강아지는 품 안에 안기자 현성의 볼을 핥았다.

누가 자신을 치료해 주었는지 아는 듯했다.

현성은 그대로 연구실 밖으로 나갔다.

연구소 복도 바닥에는 여전히 힘없이 쓰러져 누워 있는 시베리안 허스키가 있었다.

크르르.

시베리안 허스키는 경계의 눈초리로 현성을 노려봤다.

그러다 현성의 품에 안겨 있는 강아지를 보더니 안간힘을 쓰면서 자리에서 일어났다.

파지직!

시베리안 허스키는 온 몸에서 푸른색 스파크를 방전시키며 이를 드러냈다.

명백하게 적대적인 태도였다.

하지만…….

월!

현성의 품에 안겨 있던 강아지가 시베리안 허스키를 향해 작게 짖었다.

크르?

순간 시베리안 허스키의 전격이 약해졌다.

그리고 현성은 품에서 바둥거리는 강아지를 살며시 바닥에 내려놓았다.

월월!

조금 전까지 끙끙 앓던 게 믿기지 않을 정도로 강아지는 활기차게 시베리안 허스키를 향해 달려갔다.

끼잉끼잉.

위협적으로 푸른색 스파크를 방전시키던 시베리안 허스키는 강아지가 다가오자 경계태세를 풀었다. 그리고 자신에게 다가온 강아지의 얼굴에 볼을 부비며 혀로 핥기도 했다.

'미물도 가족은 소중한 법이지.'

시베리안 허스키와 강아지가 서로 부비부비거리며 혀로 핥는 모습을 바라보며 현성은 아주 잠깐 흐뭇한 표정을 지었다.

하지만 이내 차가운 얼굴로 고개를 돌렸다.

기계적인 차가움이 감도는 생명공학 연구실 내부.

대체 무엇을 위해서 서진철 관장은 생물병기를 개발하고 있었던 것일까?

'서진철 관장. 이번 임무를 끝내고 그에게서 들어야 할 말이 많을 것 같군.'

현성은 싸늘한 눈으로 생명공학 연구실을 노려보며 생각했다.

콰앙!

그때였다.

지하 4층 복도 천장을 뚫으며 무언가가 뛰어들었다.

제 7 장
위기탈출

지하 3층 천장을 뚫고 나타난 정체불명의 물체.

"저, 저건……!"

그 물체를 본 조사대는 놀란 표정을 지었다.

키에엑!

조사대의 눈앞에 나타난 것은 정체불명의 생명체, 즉 생체 병기였던 것이다.

"저놈이 어째서!"

조사대는 경악했다.

설마 다시 또 생체 병기와 조우하게 될 줄이야.

불쑥! 키이이이잉!

조사대에 앞에 나타난 생체 병기는 양어깨 부분에서 생체 기관을 돌출시키더니 이내 하얀빛의 입자를 모으기 시작했다.

"피, 피해라!"

그것을 본 신성일 중위가 비명처럼 소리치며 몸을 바닥에 엎드렸다.

그 직후.

푸슈우우웅!

두꺼운 하얀 빛줄기가 조사대를 향해 쇄도해 왔다.

"트리플 실드(Triple Shield)!"

현성은 조사대의 앞을 막아서며 다급하게 5클래스 마법을 시전했다.

반투명한 방패가 세 겹이 나타나 하얀빛을 막아섰다.

쩌적!

하지만 얼마 버티지 못하고 삼중 방패에 금이 갔다.

이대로 간다면 트리플 실드는 산산이 부서져 사라지리라.

"……!"

그때 시베리안 허스키가 현성과 트리플 실드 사이로 뛰어들었다. 순간 현성과 시베리안 허스키의 눈이 마주쳤다.

'설마 목숨을……?'

시베리안 허스키의 눈빛을 읽은 현성은 놀란 표정을 지었다.

지금 시베리안 허스키는 목숨을 걸고 생체 병기가 쏘아낸 고출력 레이저포를 막아서려고 하는 것이다.

아우우우우!

시베리안 허스키는 한차례 포효했다.

그러자 시베리안 허스키의 앞에 푸른색 스파크를 번쩍이는 반투명한 막이 나타나는 게 아닌가?

쩌저적!

그 직후 트리플 실드의 두 번째 방패막이 하얀 빛줄기를 이기지 못하고 깨지며 사라졌다.

'큭!'

그 순간 현성은 몸을 돌려 바닥에 배를 깔고 누운 채 부들부들 떨고 있는 강아지를 품에 안아 올렸다.

쩌저적! 콰앙!

그런 현성의 눈에 기어이 트리플 실드를 깨부수고 시베리안 허스키가 생성해낸 푸른 막에 격돌하고 있는 생체 병기의 하얀 빛줄기가 보였다.

크르르…….

시베리안 허스키는 생체 병기의 하얀 빛에 몸이 뒤로 지지직거리며 밀려나고 있었다.

그것을 본 현성은 재빨리 생체 병기의 사선상으로 이동했다.

만약 시베리안 허스키가 방패막이 되어주지 않았다면 강

아지를 데리고 제때에 피하지 못했으리라.

그때 생체 병기의 하얀빛을 힘겹게 막아내고 있던 시베리안 허스키가 고개를 돌려 잠시 현성을 바라봤다.

시리도록 차갑게 느껴지던 시베리안 허스키의 푸른 눈빛에서 일순 따스한 빛이 감돌았다.

하지만 그것도 잠시, 시베리안 허스키는 생체 병기의 하얀빛에 집어삼켜졌다.

번쩍! 콰콰콰쾅!

하얀빛은 시베리안 허스키를 집어삼키고 복도 끝까지 날아가 폭발을 일으켰다.

그로 인해 발생한 열풍과 화염이 엎드려 있던 조사대까지 덮쳤다.

"윈드 배리어(Wind barrier)!"

현성은 조사대 전체를 5클래스 마법 윈드 배리어로 감쌌다.

콰콰콰콰!

조사대를 덮치던 열풍과 화염은 윈드 배리어 자체에서 생겨나는 강력한 바람의 흐름을 타고 튕기듯이 스쳐 지나갔다.

"……."

열풍과 화염이 모두 다 지나가자 조사대는 한 명씩 고개를 들기 시작했다.

지하 4층 복도는 조사대가 있는 장소를 제외하고 완전히 쑥대밭이 되어 있었다.

여기저기에 검게 그을리거나 무너진 벽들 너머로 엉망진 창으로 어질러진 연구실이나 실험실이 보였다.

끼잉끼잉.

현성의 품 안에 안겨 있던 강아지가 시베리안 허스키를 찾 으려고 하는 건지 버둥거렸다.

하지만 그 어디에도 시베리안 허스키의 모습은 보이지 않 았다. 생체 병기의 공격에 집어삼켜져 빛으로 산화한 것이다.

키에엑!

생체 병기는 불길함이 감도는 붉은 눈으로 조사대를 노려 보며 포효했다.

끼잉!

그 소리에 화들짝 놀란 강아지는 현성의 품 안에서 앓는 소 리를 냈다.

"괜찮다."

현성은 따뜻한 마나의 기운이 충만한 손으로 강아지의 머 리를 쓰다듬어주었다.

그러자 강아지는 조금 안도하는 모습을 보였다.

현성은 자리에서 일어나 조사대를 바라보며 입을 열었다.

"먼저 지하 5층으로 내려가십시오."

"하, 하지만……."

"이대로 있다간 전멸합니다."

"……!"

현성의 말에 조사대는 얼굴을 굳혔다.

전멸.

그 말이 가지는 무게는 결코 가볍지 않았다.

조사대 또한 생체 병기가 얼마나 강한지 잘 알고 있으니 말이다.

현성의 말은 결코 허언이 아니었다.

"이 아이를 부탁합니다."

현성은 이진영에게 강아지를 건네주며 말했다.

"맡겨주세요."

이진영은 고개를 끄덕이며 강아지를 받았다.

월월!

하지만 강아지는 현성과 떨어지기 싫은 듯 몇 차례 짖었다.

슥슥.

그 모습에 현성은 강아지의 머리를 쓰다듬어주었다.

"걱정하지 마라. 조만간 다시 만날 테니."

그렇게 말한 현성은 몸을 돌리고 생체 병기 앞에 섰다. 그 상대로 뒤도 돌아보지 않고 입을 열었다.

"어서 가십시오. 저놈은 제가 여기서 막고 있겠습니다."

"자, 자네는 어쩔 생각인가?"

"제 걱정은 하지 않아도 됩니다. 저놈을 해치우고 곧 뒤따르겠습니다."

"……."

현성의 말에 김태성은 생각에 잠겼다.

확실히 현성의 말대로 이곳에 자신들이 있어봤자 도움도 되지 않고, 머지않아 생체 병기의 공격에 전멸할 공산이 컸다.

"알겠네. 자네 말에 따르기로 하지."

결국 김태성은 현성의 말에 따르기로 결정을 내렸다.

그리고 조사대에게 눈짓을 보내고 지하 4층 복도에서 물러나기 시작했다.

키에엑!

그때 생체 병기가 한 차례 울부짖더니 입을 쩍 벌렸다.

"빨리 가세요!"

생체 병기의 변화에 현성은 조사대를 향해 소리쳤다.

그 말에 조사대는 빠르게 복도에서 이탈했다.

키이이이잉!

그 와중에 생체 병기의 입에서는 붉은빛이 모여들고 있었다.

번쩍!

얼마 지나지 않아 생체 병기의 입에서 붉은색의 강렬한 섬광이 현성을 향해 쇄도해왔다.

"블링크(Blink)!"

현성은 단거리 공간 이동으로 생체 병기의 붉은 섬광을 피했다. 이미 조사대는 지하 4층 복도에서 벗어났기 때문에 굳이 막을 필요까지는 없었다.

하지만…….

"큭!"

콰콰콰콰콰!

생체 병기의 붉은 섬광은 어깨에서 쏟아지던 하얀빛의 레이저처럼 단발성 직선 공격이 아니었다.

생체 병기의 고개가 옆으로 돌아가면서 현성을 쫓아오고 있었던 것이다.

"제길!"

현성은 재차 블링크로 공간을 도약하면서 자신을 쫓아오는 붉은 섬광을 피했다.

붉은 섬광은 주변을 고열로 녹이며 집요하게 현성을 쫓았다.

하지만 결국 에너지가 다된 모양인지 생체 병기는 공격을 멈췄다.

'이때다!'

"슈바르츠 슈페어(Schwarz Speer: 칠흑의 마창)!"

현성은 검은색 장갑을 꽉 쥐며 외쳤다.

—Standing by.

그러자 검은색 장갑에서 기계적인 여성의 목소리가 흘러나왔다.

"트랜스포메이션(Transformation)!"

현성의 외침에 따라 검은색 장갑의 손등에 그려져 있는 금색 마법진에서 금빛 섬광이 터져 나왔다.

이윽고 검은색 장갑은 변형을 시작했다.

잠시 후, 현성의 손에는 칠흑의 마창이 모습을 드러냈다.

길이 약 1.5미터의 마창.

현성은 칠흑의 마창을 생체 병기를 향해 겨눴다.

키에엑!

생체 병기는 현성을 향해 달려들더니 낫처럼 생긴 앞다리를 휘둘렀다.

카앙! 카앙!

그 공격을 현성은 칠흑의 마창으로 막아냈다. 그리고 창끝을 생체 병기를 향해 찔러 넣었다.

콰아앙! 콰직! 콰지직!

하지만 소용이 없었다. 생체 병기의 붉은색 배리어는 여전히 건재했던 것이다.

생체 병기는 인류의 과학 기술을 뛰어 넘은 레이저 공격도 성가셨지만, 무엇보다 배리어가 문제였다.

거의 모든 공격을 막아내는 붉은색 배리어는 가히 무적이라고 불러도 손색이 없었다.

"역시 배리어를 뚫으려면 그 방법밖에 없겠군."

5서클 마나를 쏟아 부은 일점돌파(一點突破)!

생체 병기의 배리어는 5클래스 마법조차 막아낼 수 있었다. 그러니 5서클의 모든 마나를 하나로 모아 붉은색 배리어를 꿰뚫는 마법이나 혹은 기술을 써야 했다.

'레이포스 액티베이션(Rayforce Activation)! 펜타 맥스 헤이스트(Penta Max Haste)!'

현성은 먼저 신체강화술을 활성화하고 보조 마법들을 걸었다. 그리고 눈앞에 있는 생체 병기를 날카로운 눈으로 노려보며 천천히 칠흑의 마창에 마나를 주입하기 시작했다.

그러자 하단전과 중단전에 존재하는 다섯 개의 마나서클이 맹렬하게 회전한다.

현성은 칠흑의 마창이 가지고 있는 고유능력을 발동시켰다.

"슈바르츠 블레쳐(Schwarze Brecher:칠흑의 파괴자)!"

위이잉!

슈바르츠 블레쳐는 모든 것을 분자단위에서 파괴하는 초진동 기술. 현성은 초진동을 하고 있는 칠흑의 마창을 생체 병기의 붉은색 배리어에 꽂아 넣었다.

콰지직!

칠흑의 마창과 붉은색 배리어가 서로 격돌하며 불꽃이 휘날렸다.

"흐아압!"

현성은 기합을 지르며 칠흑의 마창에 더욱 마나를 쏟아부었다. 초고속으로 진동하는 칠흑의 마창은 미친듯이 울부짖으며 붉은색 배리어를 꿰뚫기 위해 안감힘을 썼다.

콰장창!

결국 얼마 지나지 않아 칠흑의 마창은 생체 병기의 붉은색 배리어를 꿰뚫었다.

"이걸로 마지막이다!"

현성은 붉은색 배리어를 꿰뚫는 기세를 그대로 생체 병기를 향해 칠흑의 마창을 흡사 투포를 던지듯이 찔러 넣었다.

그 순간!

키에엑!

생체 병기는 괴성을 내질렀다. 그리고 거무튀튀한 몸체에서 붉은빛이 흘러나오기 시작했다.

"큭!"

붉은색 배리어가 파괴되고 나서 나타난 현상이 또다시 재현된 것이다.

붉은빛이 흘러나오기 시작하면 생체 병기의 움직임은 통상보다 세 배 이상 빨라졌다.

"하지만 어림없다!"

'액셀러레이션(Acceleration).'

현성은 5클래스 가속 마법을 몸에 걸었다.

숲 속에서 조우한 생체 병기를 상대한 것과 동일하게 지금 현성은 붉은색 배리어를 파괴하기 위해 상당한 마나를 소모

한 상태였다.

최대한 빠르게 속전속결로 생체 병기를 쓰러뜨려야 했다.

"슈바르츠 블레처(Schwarze Brecher: 칠흑의 파괴자)!"

현성은 생체 병기 못지않은 초고속 이동을 하면서 칠흑의
마창을 휘둘렀다.

콰지직!

"……!"

순간 현성은 눈을 부릅떴다.

분명 없었다고 생각한 붉은색 배리어가 칠흑의 마창을 막
고 있는 게 아닌가?

"재미있군."

생체 병기와 거리를 벌린 현성은 건조해진 입술을 핥았다.

조금 전 생체 병기는 현성의 공격을 붉은색 배리어로 막아
냈다.

하지만 그 배리어는 처음과 다르게 국소 범위였다.

생체 병기의 붉은색 배리어는 공격을 가하면 마치 원형 구
체처럼 전방위 공격을 방어할 수 있었다.

그러나 조금 전 배리어는 일부분만 형성화되어 현성의 공
격을 막아냈다.

"처음과는 다르다 이건가?"

현성은 입꼬리를 말아 올렸다.

틀림없었다. 지금 눈앞에 있는 생체 병기는 자신이 처음 쓰

러뜨렸던 녀석보다 한 단계 진화했다.

그 증거가 바로 조금 전 현성의 공격을 막아낸 국소 범위 배리어였다.

어떤 이유인지는 모르겠지만 아무래도 생체 병기들은 서로 간의 전투 정보를 공유하여 진화하는 모양이었다.

'정체불명의 진화하는 생체 병기라…….'

대체 눈앞에 있는 생체 병기의 정체는 무엇이란 말인가?

"정말 성가시게 됐군."

현성은 심장이 빠르게 뛰는 것을 느꼈다.

과연 이것은 눈앞에 있는 생체 병기에 대한 공포일까? 아니면 강자에 대한 흥분일까?

하지만 어느 쪽이든 상관없었다.

현성은 눈앞에 있는 생체 병기를 쓰러뜨릴 생각이었으니까.

스윽!

순간 현성의 모습이 사라졌다.

동체 시력으로 보이지 않을 정도의 빠른 움직임으로 생체 병기를 향해 달려든 것이다.

쾅! 콰쾅!

붉게 변한 생체 병기와 현성은 지하 4층을 종회무진 누비며 맞붙었다. 그럴 때마다 귀청이 떨어져 나갈 것 같은 굉음이 울려 퍼졌다.

만약 현성이 이드레시안 차원계에서 배틀매지션이라는 칭
호를 받을 정도로 근접 전투 능력이 높지 않았다면, 그리고
일반 마법사들처럼 움직임이나 캐스팅 속도가 느렸다면 지금
이렇게 생체 병기와 싸울 수 없으리라.

'허억허억.'

하지만 생체 병기와 격렬한 싸움 덕분에 점점 마력과 체력
이 떨어져가고 있었다.

'잠깐이라도 좋으니 움직임을 멈출 수만 있다면, 큭!'

몸이 깎여 나가는 듯한 고통 속에서도 현성은 생체 병기와
전투를 멈추지 않았다.

한순간의 미스로 생체 병기에게 당할 수 있었기 때문이다.

지금 현성과 생체 병기는 말 그대로 종이 한 장 차이의 전
투를 벌이고 있었다.

투둑.

'뭐지?'

격렬한 전투 속에서 현성은 생체 병기의 다리에 금이 가며
일부 파편이 떨어지는 모습이 보였다.

그것을 본 현성은 한가지 사실을 깨달았다.

'그렇군. 저것도 한계에 달해 있구나!'

생체 병기는 붉은색 배리어가 깨어져 나가고 현성에게 무
수한 공격을 받고 있는 데다가 몸 전체에 붉은빛을 내며 통상
세 배 이상의 빠른 속도로 움직이고 있었다.

당연히 무리가 가지 않을 리 없었다.

'그렇다면!'

파고들 틈을 발견한 현성은 재빨리 행동으로 옮겼다.

"웨이트 그래비티(Weight Gravity)!"

현성은 남아 있는 모든 마나를 쥐어 짜내며 5클래스 중력 마법을 생체 병기에게 걸었다.

멈칫!

웨이트 그래비티는 중력을 증강시키는 마법이다.

거의 20배에 가까운 중력을 상대에게 걸 수 있었다.

그 때문에 생체 병기의 움직임이 일순 느려졌다.

"슈바르츠 블레처(Schwarze Brecher: 칠흑의 파괴자)!"

현성은 생체 병기의 몸 위로 뛰어오른 후, 초진동을 일으키고 있는 칠흑의 마창을 밑으로 향했다. 그리고 그 상태로 생체 병기와 격돌했다.

콰지직!

칠흑의 마창이 생체 병기와 격돌을 하기 직전 어김없이 배리어가 생겨났다.

하지만 명백하게 약해져 있었다. 그 상태에서 현성은 칠흑의 마창에 마법을 걸었다.

"그래비티(Gravity)!"

마창의 무게를 증가시키기 위해 중력 마법을 건 것이다.

콰창!

증가된 마창의 무게와 위에서 내려찍고 있는 현성의 힘이 합쳐져 결국 국소 범위 배리어는 부서졌다.

잠시 후, 칠흑의 마창이 생체 병기의 등에 꽂혔다.

키에에에엑!

칠흑의 마창이 절반 가까이 파고들자 생체 병기는 비명 같은 괴성을 내질렀다.

쩌저저적!

그리고 문제가 생겼다.

중력 가중 마법에 걸린 생체 병기의 무게를 이기지 못하고 지하 4층 복도 바닥에 금이 가기 시작한 것이다.

"큭!"

그것을 본 현성은 즉시 생체 병기로부터 물러났다.

쿠구궁!

하지만 이미 늦었다.

현성이 생체 병기에서 물러남과 동시에 바닥이 무너지기 시작한 것이다.

순식간에 현성은 생체 병기와 함께 지하 5층으로 떨어져 내렸다.

"플라이(Fly)."

지하 5층에 떨어지기 전 현성은 비행 마법을 잠깐 시전하여 안전하게 바닥에 착지했다.

하지만 생체 병기는 아니었다.

쿠우우웅! 쩍!

키에엑!

아직 20배 이상의 중력 마법이 걸려 있는 탓에 지하 5층 바닥에 떨어진 생체 병기는 어마어마한 타격을 입었다.

그리고 지하 5층 복도도 생체 병기와 충돌하면서 실금이 쩍 갔다. 현성은 생체 병기에 걸려 있는 중력 마법을 해제했다.

까닥 잘못했다가 지하 5층 복도까지 무너질 것 같았기 때문이다.

"......."

현성은 바닥에 드러누운 채 버둥거리는 생체 병기를 무심히 바라봤다.

본능적인 혐오감을 일으키고 있는 정체불명의 생명체.

대체 어디서 이런 생명체가 나타난 것일까?

현성은 생체 병기의 곁에 다가가 섰다.

키에엑!

그러자 생체 병기는 현성을 향해 다리를 휘둘렀다.

콰직!

하지만 오히려 자신을 향해 날아드는 생체 병기의 뒷다리를 현성은 주저 없이 짓밟았다.

키에에에엑!

생체 병기는 비명을 길게 지르며 부르르 떨었다.

생체 병기의 뒷다리가 떨어져 나가며 바스러진 것이다.

조그마한 충격에도 부서질 만큼 생체 병기는 약해질 대로 약해져 있었다.

"그래도 통증은 느낀다 이건가?"

현성은 차가운 눈으로 생체 병기를 바라봤다.

눈앞에서 고통에 떨고 있는 정체불명의 생명체도 하나의 생명체였지만 이상하게 동정심이 들지 않았다. 생체 병기에게 이유도 없이 공격을 받았다는 사실보다, 본능적인 혐오감과 적대감이 더 크게 느껴졌기 때문이다.

'이것은 적이다.'

이 생각이 현성의 뇌리에 각인되듯 박혀 있었다.

동정도 자비도 이 생명체에게는 필요 없었다.

인류의 존망을 위해서 쓰러뜨려야 적이라고 현성은 마음속 깊이 생각했다.

"후우……."

현성은 심호흡을 한번 했다.

그러자 지하 5층에 충만해 있는 마나가 몸속으로 밀려들어왔다. 그렇게 잠시 약간의 마나를 회복한 현성은 조용히 입을 열었다.

"인챈트 오브 스틸(Enchant Of Steel)."

현성은 다리에 금속 부여 마법을 걸었다.

"파이어 임팩트(Fire Impact)!"

콰아앙!

현성은 강철처럼 단단해진 다리로 거대한 생체 병기를 걷어찼다. 그와 동시에 화려한 불꽃 폭발이 더해지면서 생체병기는 지하 5층 천장에 부딪친 후 바닥에 떨어져 내렸다.

"아직 멀었다."

쾅!

키에엑!

현성은 거침없이 생체 병기를 걷어찼다. 그럴 때마다 불꽃 폭발이 생기며 생체 병기는 이리저리 튕겨져 날아다녔다.

이미 에너지가 떨어진 모양인지 배리어는 더 이상 생기지 않았다.

키이익…….

그렇게 몇 번 걷어차인 생체 병기는 몸 안 쪽에서 무너지기 시작하더니 먼지처럼 부서져 갔다.

"끝났군."

현성의 마법에 잔해조차 남기지 않고 사라진 정체불명의 생명체.

현성은 안도의 한숨을 내셨다. 이로써 조사대를 위협하는 요소를 하나 제거한 것이니 말이다.

"잠시 쉬고 움직일까."

현성은 자리에 주저앉았다.

생체 병기를 쓰러뜨리면서 상당한 마력과 체력이 고갈되

었던 것이다.

　그렇게 현성은 주변에 느껴지는 충만한 마나의 기운을 느끼며 회복에 전념했다.

　다음에 있을지도 모르는 전투에 대비하기 위해서.

제 8 장
미군 기계화부대

아티팩트 비밀 연구소 지하 5층.

조사대는 현성에게 생체 병기를 맡기고 청동거울의 상태를 확인하기 위해 지하 5층으로 내려왔다.

"정말 괜찮을까요?"

지하 5층 복도를 걸으며 이진혁이 조심스레 입을 열었다.

그 말에 김태성은 차갑게 대꾸했다.

"그라면 문제없을 것이다. 이미 그것들 중 하나를 처리하기도 했으니. 문제는 우리들이지."

"……."

김태성의 말에 이진혁은 입을 꾹 다물었다.

자신들이 도움이 되지 않는 것쯤은 뼈저리게 알고 있었다.

생체 병기의 전투력 앞에서 자신들은 무력하기 짝이 없었으니까.

이진혁 자신만 봐도 도저히 생체 병기와 싸울 엄두가 나지 않았다.

"김현성 군 없이 우리들끼리 괜찮겠습니까?"

"그가 없어도 해야지. 그렇지 않으면 어떻게 될지 자네도 알지 않는가."

"그야 그렇지만……."

이진혁은 걱정스러운 표정을 지었다.

여기까지 올 수 있었던 이유는 순전히 현성의 덕분이었다.

그런데 지금 현성이 함께하고 있지 않다는 사실만으로도 조사대의 분위기는 무거웠다.

"걱정하지 마라. 그러면 곧 올 것이다. 우리는 그가 올 때까지 상황 파악만 하면 돼."

김태성은 태연한 얼굴로 말했다.

그 또한 불안하기는 마찬가지였지만 그래도 명색이 조사대의 대장이었다.

부하들에게 자신의 불안한 모습을 보일 수는 없었다.

그리고 그 어떤 대가를 치러서라도 임무를 완수해야 했다.

인류의 존속을 위해서라도.

"그런데 너무 조용하군요."

이진혁은 지하 5층을 살피며 입을 열었다.

그의 말대로 주변은 조용하기 짝이 없었다.

지하 5층에 들어선지 한참이 되었지만 아직 살아 있는 시체들을 보지 못했던 것이다.

'확실히 이상하군.'

김태성도 이상함을 느끼고 있었다.

지하 5층에는 이번 일의 원인이라고 할 수 있는 청동거울이 있다.

그런데 이렇게 조용하다니.

숲에서 본 생체 병기가 우글거리고 있어도 이상하지 않을 판에 말이다.

"쓸데없는 말은 하지 말고 주변 경계에 신경 쓰도록. 이제 곧 청동거울이 있는 실험실에 도착한다."

김태성의 말에 조사대는 긴장한 표정을 지었다.

그들의 눈앞에 청동거울이 있는 걸로 추정되는 실험실이 있었다.

잠시 후, 조사대는 실험실 문 앞에 당도했다.

과연 저 실험실 너머에는 무엇이 존재하고 있을까.

김태성은 긴장된 표정으로 청동거울 실험실의 문을 열었다.

위이잉.

거대한 철문이 기계음을 내며 천천히 열리기 시작했다.

잠시 후, 완전히 문이 열리고 실험실 내부를 둘러본 김태성은 경악한 어조로 한마디 했다.

"오, 신이시여……."

*   *   *

"조용하군."

지하 5층에 떨어졌진 현성은 생체 병기를 처리하고 지친 심신을 회복시켰다.

지하 5층의 마나 밀도는 상당히 높았다.

그 덕분에 현성은 현대에 있을 때보다 비교적 빠르게 마나를 회복시킨 후, 선행한 조사대가 있을 거라 추정되는 청동거울 실험실을 찾기 위해 지하 5층을 돌아다니고 있었다.

"왜 아무것도 없는 거지?"

현성은 의심스러운 눈으로 지하 5층을 둘러봤다.

하지만 지하 5층에는 아티팩트 비밀 연구소의 연구원들의 핏자국들이 군데군데 남아 있을 뿐이었다.

청동거울이 있는 지하 5층이야말로 방해가 가장 많아야 할 장소가 아닌가?

"폭풍전야의 고요함이라는 거군."

현성은 살짝 쓴웃음을 지었다.

지하 5층은 조용해도 청동거울이 있는 실험실까지 조용할

리 없었다.

분명 생체 병기보다 더한 무언가가 있을 터.

"저곳인가."

어느덧 현성의 눈에 김태성으로부터 위치가 어디인지 전해들은 청동거울 실험실이 보이기 시작했다.

현성은 한걸음에 실험실 문 앞에 섰다.

분명 조사대는 실험실 안에 있으리라.

이곳까지 오면서 현성은 조사대와 마주치지 않았다. 그리고 지하 5층에서 이렇다 할 방해도 없었을 테니 조사대는 빠르게 청동거울이 있는 실험실에 도착했을 것이다.

그렇게 생각한 현성은 망설임 없이 실험실 문 옆에 있는 보안 장치에 비밀번호를 입력했다.

위이잉.

거대한 철문이 천천히 열리며 실험실 내부가 모습을 드러냈다.

"……."

백 평은 족히 되는 넓은 공간.

실험실의 높이는 약 10미터 정도로, 말이 지하 5층이지 실제 크기로 보면 지하 5층을 비롯한 지하 6층과 지하 7층까지 공간을 차지하고 있었다.

실험실 입구에서 잠시 주변을 둘러본 현성은 실험실 아래로 내려가는 계단이 보였다.

지금 현성이 있는 난간 위치에서 계단과 연결되어 있는 통로를 따라 제어실에도 갈 수 있고, 실험실 아래로 이동할 수 있었다.

현성은 계단 통로를 향해 발걸음을 옮기며 실험실 내부를 내려다봤다.

실험실의 벽면에는 온갖 종류의 기계들이 빼곡히 들어차 있었다. 그리고 정중앙에 직경 5미터 정도 되는 거대한 원형 모습의 물체가 보였다.

"저게 청동거울인가?"

생각보다 거대한 모습에 현성은 놀란 표정을 지었다. 아니, 현성뿐만이 아니라 청동거울을 연구하던 연구원들이 살아 서 청동거울을 볼 수 있었다면 똑같이 놀랐을 것이다.

아티팩트 비밀 연구소에서 실험을 했을 때는 가로 1미터, 세로 2미터의 크기였으나 지금은 그때보다 훨씬 커져 있었으니까.

그리고 직경 5미터의 원안에는 아무것도 보이지 않았다.

단지, 심연과도 같은 칠흑의 어둠만이 원안을 가득 채우고 있을 뿐.

한참 그렇게 청동거울을 바라보던 현성은 갑자기 눈을 부릅떴다.

"이럴 수가……."

청동거울을 정신없이 바라보고 있을 때는 몰랐었는데, 지금 실험실 바닥에 믿기지 않는 광경이 펼쳐져 있었던 것이다.

"저런 수라니……"

실험실 바닥에는 현성이 숲과 연구소 지하 4층에서 조우했던 생체 병기들이 질서정연하게 배치되어 있었다.

그 숫자는 자그마치 50기는 넘어 보였다.

하지만 다행인 점은 생체 병기들의 모습이 마치 가동하기 전 대기 상태인 것처럼 직사각형 형태로 꼼짝도 않고 있다는 사실이었다.

"저, 정지 상태인 건가? 만약 저것들이 일시에 움직이기 시작한다면……"

그 생각에 현성은 정신이 아득해짐을 느꼈다.

생체 병기 한 개체를 상대하는 것만으로도 빠듯한데 수십 개체라니.

상상만 해도 등골이 서늘해져 왔다.

"그리고 조사대들은 대체 어디에 있는 거지?"

현성은 실험실 내부를 살피며 조사대를 찾기 시작했다.

분명 그들은 자신보다 먼저 실험실에 와 있을 터.

"저곳인가?"

현성은 자신이 있는 곳에서 좀 떨어진 작은 방 같은 곳에 옹기종기 모여 있는 익숙한 기운을 감지했다.

한국 지부에서 파견한 조사대였다.

그들은 실험실 내부에 있는 제어실에서 몸을 숨기고 현성이 오기를 기다리고 있었던 것이다.

현성은 빠르게 발을 움직이며 조사대가 있는 곳을 향해 다가갔다.

"현성 군."

현성이 제어실에 도착하자 이진영이 반갑게 맞았다.

그녀뿐만이 아니라, 조사대 모두 현성을 보자 안도의 표정을 지었다.

월!

그리고 시베리안 허스키로부터 부탁받은 강아지가 꼬리를 흔들며 현성에게 달려왔다.

현성은 조사대와 강아지가 무사하다는 사실에 안도의 미소를 지으며 자신에게 달라붙는 강아지의 머리를 슥슥 쓰다듬어주었다.

"모두 무사했군요."

"자네도 무사해서 다행이군."

현성과 김성태는 서로 말을 주고받았다.

"상황은 어떻습니까?"

"보면 알 수 있지 않나. 상황은 최악이네."

김태성은 어두운 표정을 지었다.

실험실 바닥에 생체 병기로 추정되는 생명체들이 깔려 있는 탓에 손을 댈 엄두를 내지 못했다.

섣불리 손을 댔다가 실험실 바닥에 있는 생체 병기들이 활동을 시작한다면 아무리 현성이 있다고 해도 당할 수밖에 없을 테니 말이다.

"그리고 무엇보다 청동거울이 작동 중이라는 사실이 가장 큰 문제지. 이것을 보게."

김태성은 제어실에 있는 콘솔을 가리켰다.

모니터 화면에 여러 가지 파라미터 수치가 변동되고 있는 모습이 보였다.

"지금 청동거울에 의해 차원에 구멍이 뚫린 상황이지. 처음에는 1미터 정도 크기였지만, 지금은 보다시피 약 5미터로 커졌네."

"그 말은……?"

"이대로 놔두면 차원의 구멍이 점점 더 커지게 된다는 소리야."

"……!"

김태성의 말에 현성은 놀란 표정을 지었다.

삐익! 삐익!

그때 제어실 내부에서 붉은빛이 점등되며 경고음이 울려 퍼졌다.

"무슨 일이죠?"

갑작스러운 상황에 현성은 김태성을 바라보며 질문했다.

"청동거울이 열어놓은 차원의 문에 질량이 측정되고 있네!"

"질량이라니, 그게 대체……?"

그 말에 김태성은 굳은 얼굴로 현성을 바라봤다.

"무언가가 이쪽 세계로 넘어오고 있다는 이야기지."

"그런……."

김태성의 말에 현성을 비롯한 조사대는 전원 청동거울을 바라봤다.

파직! 파지직!

칠흑 같이 어두운 원형의 중심에서 푸른색 스파크가 방전되며 흘러나왔다.

키에에에엑!

그리고 심연의 저편에서 지금까지와는 전혀 다른 공간을 울리는 포효소리가 들려왔다.

"이, 이 소리는……?"

지금까지 들어왔던 생체 병기의 포효성과는 전혀 달랐다.

포효소리를 듣는 순간 온몸을 짓누르는 중압감과 본능적인 공포감이 조사대의 마음속에서 스멀스멀 피워 올랐다.

"무엇인지는 모르겠지만 질량이 어마어마하군."

그 속에서 콘솔 화면을 확인한 김태성은 딱딱하게 굳은 얼굴로 말했다.

끼긱. 끼기기긱!

그 순간 마치 칠판을 손톱으로 긁는 듯한 소리가 청동거울로부터 들려왔다.

"저게… 뭐지?"

청동거울을 바라본 신성일 중위가 멍한 표정으로 중얼거렸다. 신성일 중위뿐만이 아니라 조사대의 멤버들은 믿기지 않는 얼굴로 청동거울을 바라보고 있었다.

하긴 그럴 수밖에.

심연 속 어둠 같은 칠흑의 원 안에 정체불명의 생명체가 있었다. 숲 속이나 연구소에서 본 생체 병기와는 비교가 되지 않는 생명체였다.

최소 5미터 이상의 어마어마한 크기의 정체불명의 생명체가 칠흑의 원 너머에 있었던 것이다.

찌이이익!

순간 거대한 거미 다리 같은 것이 칠흑의 원에서 튀어나왔다. 그리고 무언가 찢어지는 소리가 들리더니 칠흑의 원 크기가 조금 전보다 커졌다.

칠흑의 원 너머에 있는 생명체가 거무튀튀한 다리를 뻗으며 이쪽 세계로 넘어오기 위해 안간힘을 쓰고 있는 것이다.

"아, 안 돼! 저게 넘어오면 안 돼!"

그 장면을 본 김태성은 평소의 그답지 않게 두려운 표정으로 소리쳤다.

"이곳에서 어떻게 할 수 없습니까?"

"모든 기기가 먹통이네. 입력을 받지 않아. 그리고 본래대로라면 지금 저렇게 청동거울이 작동이 되고 있을 리가 없네.

공급되고 있는 동력이 없으니 말이야."

제어실에 있는 콘솔은 더 이상 말을 듣지 않았다.

그리고 애초에 청동거울과 연결된 케이블은 이미 다 잘려져 있었기 때문에 공급되는 전력이나 마력도 없었다.

하지만 그럼에도 불구하고 청동거울은 스스로 가동을 하고 있는 것도 모자라 차원에 구멍을 뚫으며 폭주하고 있었다.

시간이 흐르면 흐를수록 청동거울이 뚫어 놓은 구멍은 점점 커져갈 것이고, 그 말은 곧 저편에 있는 정체불명의 생명체가 이쪽 세계로 어마어마하게 넘어온 다는 소리였다.

지금 당장만 해도 정체를 알 수 없는 거대 생명체가 넘어오려고 하고 있으니 말이다.

'그렇다면 남은 건 강제로 문을 닫는 방법뿐이로군.'

결심을 굳힌 얼굴로 현성은 제어실에서 나가기 위해 발걸음을 옮기기 시작했다.

그러자 김태성이 놀란 얼굴로 소리쳤다.

"자네 지금 어디 가는가!"

"청동거울을 파괴하겠습니다."

"뭐, 뭐라고!"

현성의 말에 김태성은 멍한 표정을 지었다.

청동거울이 무엇인가?

단군신화에 등장하는 세 개의 천부인 중 하나인 신화급 아티팩트였다.

그 가치는 돈으로도 환산할 수 없었다.

그런데 그 물건을 파괴하겠다니!

"아, 안 돼! 그건 절대 안 돼! 무슨 수를 써서라도 온전한 형태의 청동거울을 회수해야 하네!"

김태성은 절대 그럴 수 없다는 표정으로 현성을 바라봤다.

하지만 이미 현성은 결심을 굳힌 상태였다.

정체불명의 생체 병기들이 차원의 저편에서 이 세계에 넘어오는 것을 막으려면 현재로서는 청동거울을 파괴하는 수밖에 없어 보였으니 말이다.

"……."

김태성의 만류에도 아랑곳없이 현성은 제어실을 나왔다.

그리고 실험실 바닥을 바라봤다.

"망할……."

현성은 눈살을 찌푸렸다.

실험실 바닥에 조용히 있던 생체 병기들이 하나둘씩 깨어나고 있는 모습이 보였던 것이다.

직사각형 형태를 이루고 있던 생체 병기들은 완만한 움직임을 보이며 본연의 모습을 찾아가고 있었다.

현성은 더 이상 시간이 없음을 직감했다.

콰아아앙!

순간 실험실의 강철문이 폭발하며 튕겨져 나갔다.

그리고 파괴된 실험실 입구에서 군복을 입고 있는 무리들이 쏟아져 들어왔다.

철컥철컥!

실험실을 돌입한 그들은 현성을 향해 총구를 겨냥했다.

"움직이지 마라."

군복을 입은 무리들 중앙에서 아름다운 금발 미녀가 등장했다. 그녀는 다름 아닌 마리사였다.

"어리군. 한국 지부의 마법사인가?"

"그런데? 그러는 당신은 누구지?"

현성의 말에 마리사는 의외라는 표정을 지었다.

"영어를 할 줄 아는 군."

조금 전 마리사는 영어로 말했다.

그런데 현성이 마리사의 말을 알아듣고 능숙하게 영어로 대답한 것이다.

이드레시안 차원계에서 한 생을 살고 다시 현대로 돌아온 현성은 천재까지는 아니더라도 수재라는 평을 듣고 있었으며, 영어는 이미 고등학교에서 어느 정도 회화가 될 만큼 공부를 했다. 물론 일본어도 수준급으로 구사할 수 있었다.

그리고 현성의 질문을 받은 마리사는 입에 물고 있던 담배를 한번 빨아 당긴 후, 담배 연기를 길게 내뿜으며 입을 열었다.

"브론즈 미러는 우리들이 가져가겠다. 방해한다면 용서 없이 죽이겠다."

마리사는 현성의 질문을 가볍게 무시하며 차가운 목소리로 말했다.

"유감이지만 그건 무리다."

"그 말은 우리들을 방해하겠다는 건가?"

"내가 방해하지 않아도, 저것들이 방해할 테니까."

"저것들?"

마리사는 의아한 표정을 지었다. 그런 마리사에게 현성은 실험실 바닥을 손으로 가리켰다.

"Shit!"

미군 기계화 병사 중 한 명이 실험실 바닥을 보고 욕지거리를 내뱉었다.

하지만 문제는 그뿐만이 아니었다.

키에에에에에에!

돌연 칠흑의 원 저편에서 포효성이 들려왔다.

그 소리에 미군 기계화 병사들은 실험실 중앙에 있는 청동 거울을 바라봤다.

"Oh, My God."

칠흑의 원 저편에서 이쪽을 바라보고 있는 정체불명의 존재.

그것을 본 미군 기계화부대는 놀란 표정을 짓지 않을 수 없었다.

"빌어먹을, 한국 지부 놈들. 터무니없는 일을 벌였군."

마리사는 담배를 잘근잘근 씹었다.

"대령님. 어떻게 할까요?"

존 카터 소령은 긴장한 얼굴로 마리사를 바라보며 말했다.

실험실 바닥에는 숲 속에서 자신들에게 큰 피해를 입혔던 생체, 병기들이 수두룩하게 있었으며, 청동거울이 만들어낸 차원의 문 너머에는 정체를 알 수 없는 존재가 붉은색 눈을 번뜩이며 이쪽을 노려보고 있었다.

지금 상황을 어떻게 해결해야 할지 감도 잡히지 않았다.

"공격 준비."

마리사는 조금의 망설임도 없이 명령을 내렸다.

마리사는 직감적으로 느끼고 있었다. 칠흑의 원 너머에 존재하는 생명체는 사해문서에 적혀 있는 인류의 적이었다.

어떻게 해서든 눈앞에 있는 존재가 이쪽 세계로 넘어오는 일만큼은 막아야 한다고 생각했다.

철컥철컥!

마리사의 명령에 미군 기계화부대는 칠흑의 원을 향해 총구를 돌렸다.

"Fire."

타타타탕! 슈우우웅!

미군 기계화부대의 어마어마한 화력이 불을 뿜기 시작했다.

M2 중기관총에서부터 휴대용 M136 AT—4 대전차 로켓포

까지. 다양한 중화기들이 꼬리를 물고 칠흑의 원을 향해 날아들었다.

콰콰콰콰쾅!

실험실 중앙에서 대규모 폭발이 일어났다.

그 중심부에는 당연히 청동거울이 있었다.

"청동거울이……."

제어실에서 붉은 화염이 화려하게 퍼져나가는 모습을 바라보며 김태성은 멍한 얼굴로 중얼거렸다.

한국 지부에서 파견한 조사대는 제어실에 숨은 채 상황을 지켜보고 있었던 것이다.

"……."

그리고 현성은 화끈한 열기가 느껴지는 실험실 바닥에서 눈을 떼지 않았다.

잠시 후, 미군 기계화부대의 공격이 멈추고 조금씩 실험실 내부 전경이 드러나기 시작했다.

"이런 말도 안 되는……."

미군 기계화부대의 사이보그 병사들은 놀란 표정을 지었다.

자신들의 무시무시한 화력에도 청동거울이 만들어놓은 칠흑의 원은 상처 하나 없었기 때문이다.

푸슈우우웅!

순간 심연처럼 어두운 칠흑의 원에서부터 섬뜩한 붉은빛

의 파도가 쏟아져 나왔다.

"아⋯⋯."

마리사는 그저 멍하니 자신을 향해 붉은빛을 바라봤다.

워낙 순식간에 생긴 일이라 미처 반응을 하지 못한 것이다.

붉은빛이 다가오는 찰나의 순간 마리사는 온갖 생각이 머릿속을 스쳐 지나갔다.

'여기가 내 무덤인가?

그 생각에 쓴웃음이 흘러나온다.

세계 곳곳의 전장을 전전한 끝에 이런 장소에서 죽음을 맞이하게 될 줄이야.

마리사는 자신에게 다가오고 있는 죽음의 붉은빛을 바라보며 천천히 눈을 감았다.

제 9 장
기연을 얻다

그 직후.

"⋯⋯!"

마리사는 누군가가 자신을 감싸는 것을 느꼈다.

다급히 눈을 뜬 그녀는 조금 전 눈앞에 있던 소년의 품 안에 안겨 있다는 사실을 깨달았다.

"무, 무슨 짓을 하려는 거냐!"

깜짝 놀란 마리사는 소년의 품 안에서 벗어나려고 했다. 그때 마리사의 눈에 붉은색 빛줄기가 지나고 있는 모습이 보였다.

'설마 나를 구해준 건가?'

불과 조금 전까지만 해도 그녀는 눈앞에서 지나가고 있는 붉은색 빛줄기의 중심부에 서 있었다.

무슨 수를 써도 붉은색 빛줄기의 범위에서 벗어날 수 없는 상황. 그 때문에 죽음을 각오했다.

그런데 지금 붉은색 빛줄기에서 한참 벗어난 곳에서 소년의 품 안에 안겨 있는 것이다.

"어째서……?"

마리사는 의아한 얼굴로 현성을 바라봤다.

대체 무슨 이유로 자신을 구해준 것일까?

"사람을 구하는데 이유가 필요하나."

"사람… 인가?"

그 말에 마리사는 쓴웃음을 지었다.

그녀를 비롯한 미군 기계화부대의 사이보그 병사들은 인간 취급을 받지 못했다.

자신들을 만들어낸 과학자나 마법사들에게는 실험체 혹은 도구에 가까운 취급을 받았으며, 다른 인물들에게는 두려움의 대상이 되거나 괴물 취급을 받아왔다.

그런 자신을 사람 취급을 하다니.

"……!"

순간 마리사는 현성의 멱살을 붙잡아 당겼다. 그리고 자신의 붉은 입술을 현성의 입에 갖다 댔다.

"읍!"

그녀의 부드러운 혀가 현성의 혀를 거칠게 휘감겨온다.

미국인다운 길고 깊은 정열적인 키스.

"하아……."

얼마 지나지 않아 아찔한 한숨을 토하며 마리사의 얼굴이 현성에게서 떨어졌다.

붉게 상기된 표정의 아름다운 미녀가 현성을 뜨거운 눈빛으로 바라본다.

그녀의 갑작스러운 행동에 현성은 살짝 놀란 표정을 지었다가 이내 담담한 표정으로 입을 열었다.

"무슨 짓이지?"

"내 목숨을 구해준 감사의 표시다. 귀여운 꼬마."

마리사는 아직 키스의 여운이 남아 있는 매혹적인 미소를 지으며 대답한 후, 또 한 번 현성의 입술에 짧은 입맞춤을 나눴다. 그리고 현성의 품에서 벗어나 주변을 둘러봤다.

이미 그녀의 얼굴에는 조금 전의 뜨거운 열기는 사라지고 없었다. 대신 차갑게 굳은 표정만이 자리 잡고 있을 뿐.

"거의 전멸했군."

마리사는 쓸쓸한 목소리로 중얼거렸다.

단 일격이었다.

단 일격에 사이보그 병사들이 반 수 이상 흔적도 없이 사라져 있었다.

남은 부하들은 마리사를 포함하여 단 세 명.

그마저도 현성이 아니었으면 세 명이 아니라 두 명이 되었을 것이다.

조금 전 붉은색 빛줄기에 그녀 또한 당해버렸을 테니까.

그뿐만이 아니었다.

칠흑의 원안에 존재하는 정체불명의 생명체가 방출해낸 붉은 광선은 아티팩트 비밀 연구소의 내부 벽들을 완전히 관통해 있었다. 직경 2미터 정도 되는 구멍이 지상까지 뻥 뚫려 있었던 것이다.

"……."

뒤늦게 칠흑의 원안에 있는 정체불명의 생명체가 만들어 놓은 작품을 보고 현성과 마리사는 할 말을 잃었다.

등골이 서늘할 정도로 엄청난 일격이 아닐 수 없었다.

"저게 우리들의 적인가……."

마리사는 칠흑의 원을 바라보며 힘없는 목소리로 중얼거렸다. 칠흑의 원 너머에 불길하게 빛나는 붉은 눈이 보인다.

그것을 본 마리사는 짧게 숨을 삼켰다.

눈앞에 있는 생명체가 인류의 적이라는 건 알고 있지만, 그 실체 대해서 알고 있는 건 아무것도 없었다.

하지만 한가지 사실은 알 수 있었다.

절대 저 생명체가 이쪽 세계로 넘어오게 해서는 안 된다는 사실을 말이다.

"야단났군."

그때 실험실 바닥을 내려다본 현성이 얼굴을 찌푸리며 말했다. 기동준비를 마친 생체 병기들이 제어실과 자신이 있는 쪽으로 기어오고 있었다.

이대로 가다간 칠흑의 원 너머에 있는 생명체보다, 실험실 바닥에 있는 생체 병기들에 의해 전멸 당할지도 몰랐다.

"이제 어떻게 할 거지?"

마리사는 현성을 바라보며 질문을 던졌다.

과연 그녀의 말대로 지금 상황에서 무엇을 어떻게 해야 좋을까?

상황은 확실히 말해 절망적이었다.

청동거울은 차원에 구멍을 뚫은 것도 모자라 폭주까지 하고 있었고, 그 너머에는 최소 5미터는 넘는 가늠할 수 없는 크기의 정체불명의 생명체가 버티고 있었다.

거기다 지금 실험실 바닥에서는 최소 열 기 이상의 생체 병기들이 이쪽으로 다가고 있는 상황.

아무리 현성이라고 해도 지금 상황에서 어떻게 해볼 뾰족한 수가 있을 리 없었다.

'가만……'

그때 현성은 제어실에서 김태성이 했던 말이 떠올랐다.

지금 청동거울은 폭주를 하면서 차원에 뚫린 구멍을 넓히고 있다고 했다.

아무리 청동거울이 자체적으로 에너지를 가지고 있다고

해도 차원에 뚫린 구멍을 유지할 정도이지 거기서 계속 넓힐 정도는 아닐 것이다.

그렇다면 분명 어디선가 에너지를 얻고 있을 터.

'혹시……'

지금 현성이 있는 지하 실험실에는 상당한 마나가 요동치고 있었으며, 그 출처는 명확하진 않지만 확실하게 실험실 바닥에서 마나가 흘러나오고 있었다.

그리고 현성은 환상의 섬이 거대한 아공간 속에서 존재하고 있다는 사실을 떠올렸다.

환상의 섬이 있는 아공간은 최소 수천 년은 존재했다.

그리고 그 기간 동안 아공간을 유지할 동력원이 환상의 섬 어딘가에 분명히 있을 것이다.

'어쩌면 아공간을 유지하고 있는 마나를 청동거울이 흡수해서 사용하고 있을지도 모르겠군.'

그렇게 생각한 현성은 아티팩트 비밀 연구소 지하에서 느껴지는 마나의 출처를 찾기로 마음먹었다.

'뷰 마나 포스(view Mana Force)!'

현성은 마나 탐색 마법을 시전하고 주변을 살펴봤다.

4클래스 마나 탐색 마법이면 쉽게 지하 5층을 채우고 있는 마나의 출처를 찾을 수 있으리라.

"큭……."

하지만 생각대로 일이 풀리지 않았다.

뷰 마나 포스를 사용해도 지하 5층에서 느껴지고 있는 마나만 감지될 뿐 출처가 어디인지 알 수 없었던 것이다.

아무래도 무슨 결계 같은 것으로 기운이 차단되어 있는 모양이었다.

'마나가 지하에서 흘러나오고 있는 건 분명한데 말이야.'

지하로 내려갈수록 마나의 밀도가 높아졌다.

그리고 지금 있는 실험실의 바닥에서 높은 양의 마나가 느껴지고 있었다.

그 말은 즉 지하에 대량의 마나가 존재하고 있다는 사실이었다. 다만 그 위치를 특정 지을 수 없다는 사실이 문제였다.

정확한 위치만 알 수 있으면 공간 이동 마법이라도 써서 찾아낼 체지만 지금 상황에서는 그마저도 할 수 없었다.

'어쩐다.'

시시각각 다가오고 있는 생체 병기들.

그리고 칠흑의 원 너머에서 호시탐탐 이쪽 세계로 넘어오기 위해 기회를 엿보고 있는 거대한 정체불명의 생명체까지.

여유롭게 생각하며 대책을 강구할 시간이 없었다.

"직접 맞부딪치는 수밖에 없겠군."

"뭐?"

갑작스러운 현성의 말에 마리사는 의아한 표정을 지었다.

하지만 그런 마리사를 뒤로 하고 현성은 마력을 개방했다.

"슈바르츠 슈페어(Schwarz Speer:칠흑의 마창)."

―Standing by.

"트랜스포메이션(Transformation)."

현성은 아티팩트를 변형시켰다.

얼마 지나지 않아 현성의 손에는 검은 빛을 띠는 칠흑의 마창이 구현되었다.

그런 현성의 행동에 마리사가 다급하게 입을 열었다.

"무슨 짓을 할 생각이지?"

"저것들을 환상의 섬에 가둘 생각이다."

"뭐라고? 대체 어떻게?"

"느긋하게 이야기할 시간이 없다. 내가 다시 돌아올 때까지 제어실에 있는 사람들을 부탁하지."

마리사의 질문을 뒤로한 현성은 계단 난간에서 실험실 바닥으로 망설임 없이 뛰어내렸다.

"자, 잠……!"

갑자기 현성이 실험실 바닥으로 뛰어내리자 마리사는 계단 난간을 붙잡고 아래를 내려다보며 소리쳤다.

하지만 이미 현성의 신형은 실험실 바닥으로 떨어져 내리고 있는 중이었다.

"슈바르츠 블레처(Schwarze Brecher: 칠흑의 파괴자)!"

현성은 칠흑의 마창을 바닥에 두고 아티팩트가 가진 고유 기술을 시전했다. 모든 것을 분자 단위로 파괴하는 초진동이 칠흑의 마창에서 발동되었다.

"그래비티(Gravity)!"

거기다 중력 마법까지 칠흑의 마창에 걸었다.

그리고 이미 현성은 2클래스 보조마법인 스트랭스와 헤이스트를 몸에 시전한 상태였으며, 당연히 신체강화술인 레이포스도 활성화시킨 상태였다.

"인챈트 오브 스틸(Enchant Of Steel)!"

그것만으로도 모자라다고 판단한 현성은 전신에 금속 속성을 부여해 온몸을 강철처럼 단단하게 만들었다.

그대로 현성은 실험실 바닥에 돌진했다.

콰콰쾅!

칠흑의 마창과 실험실 바닥이 격돌하자 어마어마한 굉음이 실험실에 울려 퍼졌다.

"크, 크윽!"

그리고 그 충격은 고스란히 현성에게 돌아갔지만, 이미 마법으로 어느 정도 대비를 하고 있었기 때문에 버틸 수 있었다.

거기다 칠흑의 마창과 실험실 바닥이 충돌하면서 생긴 강력한 충격파가 생체 병기들에게까지 타격을 줬다.

직접적인 타격은 입히진 못했지만 자세를 무너뜨리고 뒤집어지게 만들 정도는 되었던 것이다.

그 덕분에 아주 조금이지만 현성은 시간을 벌 수 있었다.

실험실 바닥을 뚫기 위한 황금 같은 시간을.

"꿰뚫려라!"

현성은 실험실 바닥을 뚫어버리기 위해 안간힘을 썼다.

그 의지가 칠흑의 마창에 전해진 것일까.

단순히 초진동으로 움직이며 실험실 바닥과 접촉하고 있던 칠흑의 마창에 변화가 생겼다.

키이잉! 콰콰콰콰콱!

현성이 붙잡고 있는 창 손잡이 부분을 제외한 창날 끝부분이 돌연 회전을 하기 시작했던 것이다!

쩌적! 쩌저적!!

결국 실험실 바닥은 칠흑의 마창이 가진 돌파력을 이기지 못하고 여기저기에 금이 갔다.

쿠구궁!

거기다 실험실 바닥이 들썩이며 흔들린다.

현성은 이를 악물고 칠흑의 마창에 마나를 주입했다.

'조, 조금만 더!'

정확하진 않지만 실험실 바닥에서 마나가 흘러나오고 있었다. 그렇다면 실험실 바닥을 파보면 된다는 단순한 결과를 현성은 도출해냈다.

그리고 그 외에 사실상 다른 방법이 없었다.

미군 기계화부대의 어마어마한 화력에도 칠흑의 원은 깨어지지 않았으며, 오히려 그 안에 존재하는 정체불명의 생명체를 자극했다.

그 결과 미군 기계화부대는 거의 전멸해 버렸다.

그러니 함부로 공격을 할 수 없는 상황이었다.

그 때문에 현성은 아공간을 유지하고 있는 동력원을 찾기 위해 실험실 바닥으로 돌입한 것이다.

'좋아, 뚫린다!'

드디어 칠흑의 마창이 실험실 바닥을 뚫으며 파고 들어갔다.

쩌저적! 콰쾅!

순간 여기저기 금이 가고 있던 실험실 바닥이 무너져 내리기 시작했다.

"……!"

실험실 바닥을 뚫고 땅 속으로 밀고 내려가려 갈 생각이었던 현성은 놀란 표정을 지었다.

실험실 바닥에 금이 간다고 해도 그 밑바닥은 맨땅이다. 이렇게 무너져 내릴 리가 없었다.

하지만 믿기지 않게도 실험실 바닥은 무너져 내리고 있었다. 그 말은 곧 청동거울이 있는 실험실 지하에 빈공간이 존재하고 있으며, 현성의 예상이 틀리지 않았음을 의미했다.

실험실 지하에 있을 리 없는 빈공간이 존재한다는 말은, 바로 그곳에 아공간을 유지하는 장치나 동력원이 있다는 소리였으니 말이다.

쿠구구궁!

그리고 실험실 바닥이 무너져 내리면서 생체 병기들도 함께 떨어져 내리기 시작했다.

"플라이(Fly)."

현성은 비행 마법을 시전하고 천천히 지하공동에 내려갔다.

아티팩트 비밀 연구소 지하 5층 실험실 바닥과 지하공동 사이의 두께는 약 5미터 정도 되었다.

하지만 칠흑의 마창이 가진 고유기술인 슈바르츠 블레쳐에 의한 초진동이 실험실 바닥 전체에 가해졌다.

그 결과 실험실 바닥과 지하공동 사이에 5미터나 되는 두께가 있었지만, 실험실 전체 면적의 약 5분의 1이 무너져 내리고 만 것이다.

"꽤 넓군."

지하공동으로 내려간 현성은 주변을 둘러보고 살짝 놀란 표정을 지었다.

지하공동 내부는 굉장히 넓었다. 지하 5층 청동거울 실험실보다도 약 2배 이상은 되지 않을까?

"아티팩트 연구소가 이런 지하 대공동 위에 지어져 있었을 줄이야."

조금만 더 땅을 파고 내려갔다면 대발견과 동시에 대참사가 일어났을 것이다.

키에에엑! 쿠우웅!

"왔군."

현성은 실험실 바닥이 무너지면서 함께 떨어진 생체병기들을 노려봤다.

그 숫자는 대략 여덟 기.

생체 병기들은 낙하직전 붉은색 배리어가 발동해 충격을 대부분 흡수했다.

하지만 그럼에도 큰 타격을 받았는지 움직임이 굼떴다.

지하 공동 상공에서 생체 병기들을 한차례 내려본 현성은 이내 시선을 뗐다.

조금 전부터 현성의 감각을 찌르는 듯한 마나가 느껴지고 있었던 것이다.

"설마 저건가?"

현성의 시야에 거대하게 빛나는 광구가 보였다.

현성은 광구가 있는 쪽으로 날아갔다.

직경이 약 1미터인 마력 덩어리.

무슨 용도인지 알 수 없는 장치 위에 빛나는 광구가 있었다.

"이건 대체……."

빛나는 광구 앞에 도착한 현성은 의아한 표정을 지었다.

눈앞에 있는 기계 장치가 생소했기 때문이다.

무슨 기계 장치인건 분명해 보였지만, 현대의 과학 기술력으로 만들어진 것으로는 보이지 않았다.

"이 장치가 환상의 섬이 있는 아공간을 유지하고 있나 보군."

현성은 찬찬히 눈앞에 있는 기계 장치를 살펴봤다.

기계 장치 내부에 마법진이 그려져 있는 것이 보였다.

아무래도 이 기계장치는 마도공학으로 만들어진 물건인 모양이었다.

"신화시대의 유물인가?"

현대 마법에서 볼 수 없는 고도의 마법진과 과학 기술력.

설마 신화시대에 이런 고도로 발달한 기계 장치가 존재하고 있을 줄이야.

키에엑!

그때 현성의 등 뒤에서 생체 병기들의 포효 소리가 들려왔다.

낙하의 충격에서 회복한 생체 병기들이 이쪽으로 다가오고 있었다.

"시간이 없군."

현성은 기계 장치 위에서 빛나고 있는 광구를 바라봤다.

굳이 마나 탐색을 하지 않아도 어마어마한 마나가 집약되어 있다는 사실을 알 수 있었다.

'이 마나를 내 것으로 만들 수 있다면?'

현성은 양손을 광구를 향해 뻗었다.

파직! 파지직!

"크윽!"

그러자 광구에서 방전이 일어나며 현성의 손길을 거부했다.

"제길!"

광구에 집약되어 있는 마나가 반발을 일으키며 현성을 거부한 것이다.

하지만 이대로 물러날 수 없었다.

'과연 잘 될까?'

현성은 침을 삼켰다.

잘만 되면 지금 자신의 마나서클을 비약적으로 올릴 수 있다. 그러나 실패를 하게 된다면…….

"해보는 수밖에 없겠지."

현성은 다시 한 번 광구를 향해 손을 내밀었다.

파지직!

이번에도 방전이 일어나며 광구에 집약되어 있는 마나가 현성을 거부한다.

조금 전과 같은 상황.

하지만 현성은 손을 거두지 않고 오히려 5클래스 마법을 시전했다.

"마나 드레인(Mana Drain)!"

쿠구구궁!

현성이 마법을 시전하자 광구가 요동을 치기 시작했다.

마나 드레인은 말 그대로 상대의 마나를 흡수하는 마법이다.

5클래스 마법이긴 하지만 소모되는 마나에 비해 흡수하는 마나의 양이 적어 효율성이 좋지 않아 실전에서는 잘 쓰이지 않는다.

하지만 지금 같이 방대한 마나를 흡수해야 하는 상황이라면 최적의 마법이라고 할 수 있었다.

"으윽!"

마나 드레인으로 마나를 흡수하려고 하자 처음보다 반발이 더 커졌다.

그럼에도 불구하고 현성은 이를 악물며 버텼다.

'시, 시간이 없어.'

등 뒤에는 시시각각 생체 병기들이 다가오고 있었다.

최대한 빨리 광구의 마나를 흡수해야 할 터.

우우웅.

광구가 진동을 하며 빛의 일부가 현성을 향해 빨려 들어오기 시작했다.

드디어 광구의 마나가 흡수되기 시작한 것이다.

"쿨럭."

하지만 그만큼 반발력도 커지면서 현성의 몸을 헤집었다.

거대한 마나가 몸속을 날뛰며 요동을 친다.

그와 함께 현성의 몸에 내재된 다섯 개의 마나서클이 맹렬히 회전을 하며 요동치는 마나를 흡수해 갔다.

시간이 흐르면 흐를수록 광구의 크기는 작아져 갔으며, 현성의 몸 안으로 대량의 마나가 유입되었다.

그 마나를 겨우겨우 제어하며 현성은 자신의 마나서클로 만들기 위해 이를 악물고 정신을 집중했다.

등 뒤에서 다가오고 있는 생체 병기도, 마음속에서 떠오르는 조급함도 전부 잊었다.

오로지 마나의 제어와 흡수에만 정신을 집중하며 현성은 무아지경에 빠졌다.

그 순간.

번쩍!

현성의 몸에서 강렬한 섬광이 휘몰아쳐 나왔다.

빛의 광구가 전부 현성의 몸 안으로 흡수되었던 것이다.

그리고 현성의 몸 내부와 외부에 큰 변화가 일어나기 시작했다. 전신에서 황금빛을 내며 현성은 허공에 떠올랐다.

투두둑!

허공에 뜬 현성의 피부가 갈라지더니 허물을 벗듯 떨어져 내리고, 온몸의 뼈가 뒤틀렸다가 다시 맞춰졌다.

그리고 떨어져 내린 노폐물로 찌든 헌 피부 대신에 새하얀 피부가 새롭게 생겨나 있었다.

환골탈태.

광구에 있는 마나를 전부 흡수한 현성은 놀랍게도 새로운 몸을 만들게 된 것이다.

"후우……."

현성은 길게 숨을 내뿜으며 눈을 떴다.

이전과 비교도 안 되는 마나가 몸 안에서 느껴졌다.

"기연이 이런 기연이 없구나."

현성은 감개무량한 표정을 지었다.

1~3서클은 하단전에, 4~7서클은 중단전에, 그리고 8서클부터는 상단전에 마나서클이 자리 잡는다. 그리고 지금 현성의 상단전에는 마나서클 하나가 자리를 잡고 있었다.

이드레시안 차원계에서 이룩했던 8서클을 지금 이 순간 다시 재현해낸 것이다.

"클리어(clear)."

현성은 1클래스 마법을 시전했다.

그러자 둥근 마법진이 발밑에 나타나더니 현성의 아래에서 위로 훑고 지나갔다.

그와 동시에 환골탈태를 하면서 몸에 묻어 있던 노폐물 찌꺼기들이 깨끗하게 사라졌다.

"그럼……."

이드레시안 차원계에서 미련이 남았던 9클래스 마스터의 꿈을 이룰지도 모른다는 기쁨을 뒤로하고 현성은 바로 눈앞까지 다가온 생체 병기들을 바라봤다.

생체 병기들은 바로 지척까지 다가와 있었다.

"서둘러야겠군."

현성은 아공간을 유지하고 있던 광구의 마나를 흡수하고 단숨에 3서클을 올렸다.

그만큼 광구가 품고 있던 마나의 양은 어마어마했다.

하지만 문제는 아공간을 유지하고 있어야 할 마나를 현성이 전부 흡수했다는 사실이었다.

그 말은 곧 언제 환상의 섬이 있는 아공간이 붕괴할지 모른다는 소리였다.

"이레이저(Eraser)!"

현성은 한 손을 생체병기들을 향해 내밀려 3클래스 빛 계열 마법을 시전했다.

번쩍!

그러자 한줄기 백색 섬광이 생체 병기를 향해 날아갔다.

츠즈증!

당연히 생체 병기는 붉은색 배리어를 전개하며 현성의 마법에 맞췄다.

하지만…….

키에엑!

이레이저는 너무나 쉽게 생체 병기의 배리어를 관통했다.

그것은 당연한 결과였다.

지금의 현성은 8서클 대마법사.

5서클 마법사였을 때와는 차원이 다른 것이다.

"우선 한 마리."

현성은 다음 마법을 준비했다.

"레이포스 액티베이션(Rayforce Activation)! 데카 맥스 헤이스트, 스트랭스(Deca Max Haste, Strength)!"

보조 기술과 마법을 몸에 걸은 현성은 생체 병기들을 노려봤다.

"블링크(Blink)."

순간 현성의 몸이 사라지더니 생체 병기의 바로 옆에서 나타났다.

"플레임 임팩트(Flame Impact)!"

콰쾅!

현성은 칠흑의 마창으로 생체 병기를 향해 찔러 넣었다.

그러자 칠흑의 마창에서 화려한 불꽃 폭발이 일어났다.

플레임 임팩트는 5클래스 마법으로 4클래스 마법인 파이어 임팩트의 강화판이었다.

파이어 임팩트와는 비교도 안 되는 강력한 폭발이 일어나면서 붉은색 배리어뿐만이 아니라 생체 병기의 몸체까지 날려버렸다.

쿠구구구궁!

생체 병기는 수십 미터 떨어진 지하 공동의 벽까지 날아가 박혔다.

"남은 건 여섯 마리인가."

눈 깜짝할 사이에 두 마리를 처리한 현성은 칠흑의 마창을 지하 공동 바닥에 꽂았다. 생체 병기들은 현성의 강함에 어떻게 할지 주춤거리고 있었다.

그 틈을 놓치지 않고 현성은 마나를 칠흑의 마창에 집속시키며 8클래스 마법을 준비했다.

"그라운드 오브 데스(Ground Of Death)!"

쿠콰콰콰콰쾅!

순간 여섯 마리의 생체 병기 밑에서 무수히 많은 돌의 가시들이 솟아올랐다.

갑작스럽게 발생한 일이었지만 생체 병기들은 자동적으로 붉은색 배리어를 전개했다.

하지만 8클래스 대마법사가 시전한 마법을 막을 수 없었다.

무수하게 솟아난 돌의 가시들은 붉은색 배리어를 간단히 관통하며 생체 병기들의 몸에 박혔다.

단단한 암석의 가시에 몸이 박힌 생체 병기들은 움직임을 멈췄다.

파스스스.

그리고 현성의 마법에 당한 여덟 기의 생체병기들은 먼지처럼 부서지며 사라졌다.

"끝났군."

순식간에 생체 병기들을 해치운 현성은 미련 없이 몸을 돌렸다.

쿠구구구궁.

그때 현성이 있는 지하 공동이 흔들렸다.

"벌써 시작된 건가?"

아무래도 아공간의 붕괴가 시작된 모양이었다.

"빨리 돌아가 봐야겠군."

현성은 플라이 마법을 시전하며 지하 5층 청동거울의 실험실을 향해 날아가기 시작했다.

제 10 장
붕괴하는 아공간,
탈출을 감행하다

타타탕! 슈우우웅! 콰콰쾅!

지하 5층 청동거울 실험실에서는 한국 지부 조사대와 미군 기계화부대의 생존자들이 연합하여 제어실에서 생체 병기들을 상대로 농성을 벌이고 있었다.

처음에는 서로 입장 차이 때문에 실랑이를 벌였지만, 이내 그들은 서로 협력했다.

공통의 적인 생체 병기들이 습격을 해왔던 것이다.

'큭, 이대로 가다간⋯⋯.'

김태성은 얼굴을 찌푸렸다.

생체 병기들은 실험실 바닥에서 제어실을 향해 벽면을 타고 기어 올라오고 있는 중이었다.

그 덕분에 지리적 이점과 미군 기계화부대의 화력을 중심으로 그럭저럭 생체 병기들을 저지하고 있었다.

하지만 시간이 흐를수록 탄약은 떨어져 갔으며, 덩달아 조사대와 미군 기계화부대의 체력도 떨어져갔다.

전멸은 시간 문제였다.

"존 소령. 탄약은 얼마나 남았나?"

"이걸로 마지막입니다."

마리사의 말에 제어실 창문 밑으로 기관총을 쏘던 존 카터 소령은 어두운 얼굴로 대답했다.

그리고 탄약이 떨어진 무거운 기관총을 아예 생체 병기들을 향해 집어 던지더니 품속에서 권총을 꺼내 들었다.

"좋지 않군."

이미 마리사는 돌격소총을 내다버린 채 양손에 권총을 들고 번갈아 쏘아대고 있었다.

그들만 봐도 지금 상황이 좋지 않다는 것쯤은 충분히 알 수 있으리라.

생체 병기들 상대로 권총이 먹힐 리 없을 테니 말이다.

"모두 움직이지 마라!"

"......!"

순간 미군 기계화 병사들과 조사대는 놀란 표정을 지었다.

돌연 자신들의 등 뒤에서 일본어가 들려왔기 때문이다.

목소리의 주인공은 다름 아닌 사루토비였다.

"일본인인가?"

마리사는 눈살을 찌푸렸다.

그리고 김태성을 비롯한 한국 지부의 조사대의 놀람은 더욱 컸다.

'아직 살아남은 자가 있었나?'

미군 기계화부대와 조사대는 고개를 힐끔 뒤로 돌리며 목소리의 주인공을 찾았다. 그러나 그 어디에도 일본인, 아니 사루토비의 모습은 없었다.

"빌어먹을 조센징 새끼들. 대일본제국의 슈바르츠 아이젠 판처(Schwarz Eisen Panzer: 칠흑의 강철갑주)를 내놔라!"

"……!"

미국 기계화부대와 조사대는 경악했다.

제어실 안에는 자신들밖에 보이지 않았다.

그런데도 일본인의 목소리가 계속 들려왔던 것이다.

'뭐지? 어디에 숨어 있는 거지?'

쉬이익! 탁!

그때 김태일 중사가 목소리의 주인공을 찾기 위해 움직이려고 하자마자 어디선가 수리검 하나가 뺨을 스치고 지나갔다.

"……"

김태일 중사는 긴장한 표정을 지으며 침을 꿀꺽 삼켰다.

조금 전 수리검이 스치고 지나간 뺨이 화끈거리며 피가 살짝 흘러내렸다.

"움직이지 말라고 분명히 경고했을 텐데. 다음에는 목을 날려주지."

제어실 안에 어눌하지만 음울한 어투의 한국어가 들려왔다.

'빌어먹을!'

눈에 보이지 않는 적의 습격.

지금 미군 기계화부대와 조사대는 일본인의 등장에 생체 병과와 벌이던 교전도 중단한 상태였다.

이대로 가면 조만간에 생체 병기들에게 전멸당할 판이었다.

"대체 넌 누구냐!"

"그건 알 필요 없다. 잔말 말고 네놈들이 가져간 슈바르츠 아이젠 판처를 내놓아라!"

목소리는 제어실을 울리면서 들려왔다. 그 때문에 목소리의 주인공이 어디에 있는지 위치를 특정할 수 없었다.

'일본 지부의 생존자인가. 귀찮게 됐군.'

"알겠다. 아티팩트는 여기 있다."

김태성은 굉장히 아까운 표정을 지었다.

슈바르츠 아이젠 판처는 상당히 쓸 만한 아티팩트였다.

하지만 그 작동법을 몰라서 사용하지 못했다.

그래서 한국 지부로 돌아간다면 시간을 들여 연구를 할 요량으로 일본 닌자들에게서 회수를 한 것인데, 그걸 다시 토해 내게 생긴 것이다.

어디까지나 이 섬에서 나갈 수 있었을 때 이야기만.

"우, 우와아아앗!"

타타타탕!

그때 박지훈 상사가 비명을 지르며 제어실 창문을 통해 발작적으로 총격을 가했다.

어느새 생체 병기 하나가 제어실 바로 밑까지 기어 올라와 있었던 것이다.

"우, 움직이지 마!"

쉬이익! 푹!

"크악!"

생체 병기를 향해 사격을 하던 박지훈의 상의 어깨에 수리검이 날아와 박혔다.

박지훈 상사는 비명을 지르더니 어깨를 감싸며 자리에 주저앉았다.

"젠장! 지금 우리가 이러고 있을 때인가! 잘못하다간 저것들에게 전부 다 죽을 수 있다!"

"다, 닥쳐! 나와는 관계없어! 나에겐 스텔스 슈트가 있으니까!"

"스텔스 슈트? 일본은 이미 그런 것까지 개발해 놓은 것인가?"

"에이잇! 닥치고 당장 슈바르츠 아이젠 판처나 내놓아라!"

사루토비는 말실수를 했다고 생각한 모양인지 급하게 말을 얼버무리며 슈바르츠 아이젠 판처를 요구했다.

"여기 있다. 가져가라."

김태성은 제어실 콘솔 위에 슈바르츠 아이젠 판처의 아티팩트가 들어 있는 배낭을 던졌다.

그 순간.

번쩍!

제어실 안에 섬광이 번쩍였다.

스텔스 슈트로 아무도 모르게 제어실에 들어왔던 사루토비는 아무리 찾아보아도 슈바르츠 아이젠 판처가 어디에 있는지 알 수 없었다.

그래서 할 수 없이 모습까진 드러내지 않고 슈바르츠 아이젠 판처를 찾기 위해 협박을 한 것이다.

물론 클로킹된 상태에서 조사대와 미군 기계화부대를 전멸시켜서 찾는 방법도 있었지만, 그건 리스크가 너무나 컸다.

아무리 자신에게 스텔스 슈트가 있다고 해도, 괜히 그들을 자극하여 제어실 같이 좁은 장소에서 눈먼 총탄에 맞기라도 하는 날엔 모든 게 수포로 돌아갈 테니 말이다.

그럴 바에 지금처럼 슈바르츠 아이젠 판처를 회수하고 제어실에서 사라지는 방법이 최선이었다.

"크윽."

김태성은 섬광탄의 후유증 때문에 눈앞이 어질어질했다.

하지만 이대로 쓰러질 수는 없었다.

제어실 창문에 생체 병기 하나가 들러붙어 있었기 때문이다.

"크아아아악!"

그때 김태성의 귀에 처절한 비명 소리가 들려왔다.

제어실 입구에서 불과 얼마 떨어지지 않은 곳에 생체 병기의 거무튀튀한 다리에 꿰뚫려 있는 인영이 보였다.

온몸을 검은색 암행복으로 감싸고 있는 인물.

그 인물 다리 밑에는 조금 전 김태성이 던져준 배낭이 떨어져 있었다.

'멍청한 일본 원숭이 같으니.'

그렇게 키리카쿠레 사루토비는 허무한 최후를 맞이했다.

그가 그토록 신뢰했던 스텔스 슈트는 생체 병기 앞에서 무용지물이었던 것이다.

"Oh, My God."

미군 기계화부대의 사이보그 병사 중 한 명이 넋이 나간 목소리로 중얼거렸다.

키이잉.

제어실 입구에서 사루토비를 꿰뚫어 죽인 생체 병기의 어깨에서 붉은빛 입자가 모여들고 있었기 때문이다.

"여기까지인가."

그 모습을 본 마리사는 쓴웃음을 지으며 중얼거렸다.

기껏 자신의 마음에 드는 소년의 손에 의해 목숨을 구했건만, 결국 이렇게 죽을 상황에 처하다니.

미군 기계화부대와 조사대는 모두 죽음을 직감했다.

그들로서는 생체 병기의 공격을 막을 수단이 없었으니까.

콰앙!

"⋯⋯!"

순간 그들은 놀란 표정을 지었다.

이쪽을 향해 금방이라도 붉은 광선을 쏠 기세였던 생체 병기가 돌연 자세가 무너지면서 폭발한 것이다.

"설마?"

미군 기계화부대와 조사대는 절망에서 희망에 찬 얼굴로 제어실 바깥을 바라봤다.

"아직 살아 있어서 다행이군요."

그리고 그들은 제어실 밖에서 플라이 마법으로 날고 있는 현성을 볼 수 있었다.

"늦었군."

마리사는 현성의 등장에 아름다운 미소를 지어 보였다.

하지만 아직 상황이 종료된 것은 아니었다.

현성은 미군 기계화부대와 조사대가 안전함을 확인하고

실험실 중심에 있는 청동거울을 바라봤다.

키에에에엑.

칠흑의 원 형태의 디멘션 게이트를 만들어낸 청동거울은 크기가 더 커져 있었다.

처음 현성이 봤을 때 5미터 정도 크기였다면 지금은 6미터까지 커져 있던 것이다.

그리고 그 안에 존재하고 있는 정체불명의 생명체가 지금 이 순간에도 이쪽 세계로 나오기 위해 몸부림을 치고 있었다.

기기긱! 기기기기긱!

거무튀튀한 다리가 칠흑의 원에서 뻗어 나와 공간을 긁는다.

그럴 때마다 공간이 찢어대는 소리에 소름이 돋았다.

'저것부터 어떻게 하지 않으면……'

현성은 눈살을 찌푸리며 칠흑의 원을 향해 손을 뻗었다.

어마어마한 마나가 요동을 치며 여덟 개의 마나서클이 공명한다. 그리고 현성의 손앞에 붉게 빛나는 거대한 마법진이 나타났다.

마법을 발현할 준비를 끝낸 현성은 조용히 입을 열었다.

"헬 파이어(Hell Fire)."

모든 것을 태워 없애는 지옥의 겁화!

마법진에서 시뻘건 붉은 화염이 칠흑의 원 너머에 있는 정체불명의 생명체를 향해 화염 방사기처럼 뿜어졌다.

하지만…….

즈즈즛!

붉은 화염이 칠흑의 원에 닿기 직전, 붉은색 막이 생성되었다.

"배리어인가?"

현성은 표정을 굳혔다.

정체불명의 생명체가 붉은색 배리어를 생성한 건 문제가 아니었다. 그것을 감안하고 8클래스 마법을 시전한 것이니까.

그러나 문제는 붉은색 배리어가 8클래스 마법인 헬 파이어를 막아내고 있다는 사실이었다.

지하 공동에서 생체 병기들의 붉은색 배리어가 현성의 마법에 쉽게 부서졌다는 사실에 비추어 보면, 지금 칠흑의 원 너머에 있는 정체불명의 생명체가 만만치 않다는 사실을 알 수 있었다.

"대체 저 생명체의 정체는 뭐지?"

현성은 미미하게 놀란 눈으로 칠흑의 원 너머에 있는 정체불명의 생명체를 바라봤다.

설마 8클래스 마법을 이렇게 간단히 막아낼 줄이야.

현성은 전율이 일었다.

과연 현 인류의 전력으로 눈앞에 있는 생명체를 상대 할 수 있을까?

정체조차 제대로 알 수 없는 상대를 말이다.

쿠구구구궁!

그때 지하 5층 실험실의 천장 일부가 무너져 내리기 시작했다. 그리고 여기저기에서 무너지는 소리가 들려왔다.

아공간이 붕괴되기 시작하면서 환상의 섬도 무너지기 시작한 것이다.

"……."

현성은 잠깐 동안 말없이 칠흑의 원 너머에 있는 생명체를 노려봤다. 칠흑의 원 너머에 있는 생명체도 붉은 눈을 번뜩이며 현성을 노려보고 있었다.

"내가 사는 세상에 절대로 들여보내지 않겠다."

크크크크.

현성의 말에 칠흑의 원 너머에 있는 생명체는 마치 비웃음을 흘리는 것처럼 숨소리를 냈다.

그 와중에도 천장에서 무너져 내리는 돌더미가 실험실 내부로 쏟아지고 있었다.

마치 지진이라도 난 것처럼 환상의 섬 전체가 흔들리고 있었던 것이다.

점점 더 아공간의 붕괴 속도가 빨라지는 것 같자 현성은 제어실로 향했다.

그러자 김태성이 놀란 얼굴로 질문을 해왔다.

"혀, 현성 군. 대체 무슨 일이 벌어지고 있는 건가?"

"임무는 실패입니다. 곧 이 섬이 있는 아공간이 붕괴할 테니 그전에 탈출해야 합니다."

"뭐, 뭐라고?!"

현성의 말에 김태성뿐만이 아니라 제어실에 있는 모든 사람들은 놀란 표정을 지었다.

아공간이 붕괴한다니?

그리고 지금 자신들은 지하 5층에 몸이 묶여 있었다.

아티팩트 비밀 연구소 건물에서 탈출하는 것조차 힘든 마당인데, 거기에 언제 환상의 섬을 벗어나 아공간에서 탈출을 한단 말인가?

하지만 김태성은 그보다 더 신경 쓰이는 말이 있었다.

"이, 임무가 실패했다니? 그게 무슨 소린가? 청동거울은 대체 어떻게 할 셈이지?"

"지금 상황을 보면 알 수 있지 않습니까. 저 생명체가 버티고 있는 한 청동거울은 회수할 수 없습니다. 그리고 무엇보다 지금은 아공간에서 탈출하는 게 급선무입니다."

"아, 안 돼! 청동거울을 회수하지 못하다니 그런 바보 같은……."

"그럼 회수도 못할 청동거울 때문에 아공간에 갇혀 있을 생각입니까?"

"그, 그런……."

김태성은 온몸에 힘이 빠졌다.

청동거울이 무엇인가?

신화시대에 존재하는 고대 유물이다.

거기다 다른 차원으로 이동할 수 있는 신화시대의 문이기도 했다.

분명 그 문 너머에는 신들이 사는 세상이 있을 터.

시간이 걸리더라도 청동거울을 연구한다면 신들이 사는 세계에 도달할지도 모르는 일이었다.

그런데 그런 청동거울을 포기해야 하다니!

"모두 한곳에 모여주십시오."

현성의 말에 제어실에 있던 사람들은 영문도 모른 채 전부 한 곳에 모였다.

그들이 한 곳에 모이자 현성은 고개를 돌려 청동거울이 있는 곳을 바라봤다.

칠흑의 원 너머에 있는 정체불명의 생명체가 이쪽 세상으로 넘어오고 있었다.

이미 몸의 절반이 칠흑의 원에서 나와 있었던 것이다.

드러나 있는 부분만 봐도 크기가 약 3미터가 넘었다. 전체 크기는 약 7~8미터는 되지 않을까.

정체를 알 수 없는 거대 생명체라고 해도 좋을 정도였다.

키에에에엑.

정체불명의 생명체는 괴성을 지르며 붉게 빛나는 눈으로 현성을 바라봤다.

현성이 요주의 인물이라는 것을 인식하고 있는 모양이었다.

하지만 현성은 더 이상 정체불명의 생명체를 상대할 생각이 없었다.

'유감이지만 너는 영원히 이 공간에 갇혀 있게 될 것이다.'

현성은 미련 없이 정체불명의 생명체로부터 시선을 뗐다. 그리고 조금 전부터 준비하고 있던 8클래스 마법을 시전했다.

"매스 텔레포트(Mass Teleport)!"

8클래스 단체 공간 이동 마법, 매스 텔레포트.

미군 기계화부대와 조사대가 서 있는 바닥에 거대한 마법진이 생겨났다.

그리고 이내 그들의 모습은 제어실에서 사라졌다.

남은 건, 무너지는 돌더미와 아무도 없는 아공간에 온전히 모습을 드러낸 정체불명의 거대 생명체뿐.

키에에에엑!

붕괴하고 있는 아티팩트 비밀 연구소의 지하 5층 청동거울 실험실에서 홀로 남은 정체를 알 수 없는 거대 생명체의 포효 소리가 쓸쓸히 울려 퍼졌다.

*   *   *

매스 텔레포트로 아티팩트 비밀 연구소에서 탈출한 미군 기계화부대와 한국 지부 조사대는 환상의 섬에서 정박 중이던 크루즈에 옮겨 탔다.

숲 속에서 중상을 입고 남겨진 미군 기계화부대의 프레드 중사와 커프 하사는 뷰 마나 포스로 그들이 있는 위치를 확인하자마자 바로 텔레포트 마법으로 현성이 무사히 구출해냈다.

그렇게 미군 기계화부대와 한국 지부 조사대는 크루즈를 타고 아공간이 완전히 붕괴하기 전 탈출에 성공했다.

그리고 크루즈가 아공간에서 현대로 뛰쳐나오자, 밖에는 미군의 스텔스 핵 잠수함이 대기하고 있었다.

미군 기계화부대가 스텔스 핵 잠수함으로 옮겨가기 전, 마리사는 현성에게 키스를 하는 것을 잊지 않았다.

마리사는 현성에게 또 보자는 약속을 남기고 떠나갔다.

그렇게 미군 기계화부대와 헤어진 마법 협회 한국 지부 조사대는 인천항으로 복귀했다.

*   *   *

인천 역사 유물 박물관 관장실.

관장실 안에는 서진철 관장과 김태성이 이야기를 나누고 있었다.

"죄송합니다."

"아니야, 정말 수고했어. 살아서 돌아온 것만으로도 잘한 일이지."

서진철 관장은 고개를 흔들며 김태성을 치하했다.

이번 아티팩트 비밀 연구소 임무는 사실상 실패였다. 중요한 청동거울을 회수하지 못한 채 아공간 속에 버려두고 왔으니 말이다.

하지만 어쩔 수 없는 일이었다.

이번 임무는 변수가 너무 많았으니까.

특히 청동거울을 통해서 넘어온 정체불명의 생명체는 서진철 관장과 김태성이 예상한 것보다 훨씬 강했다.

"청동거울을 회수하지 못한 건 뼈아픈 일이지만, 그래도 소기의 목적은 달성하지 않았나."

서진철 관장은 자신의 책상 위에 있는 은색 아타셰케이스를 바라보며 미소를 지었다.

"그렇지요."

김태성은 서진철 관장의 말에 고개를 끄덕이며 동의했다.

아타셰케이스는 김태성이 들고 온 가방이었다.

그리고 그 안에는 환상의 섬에서 조사대를 괴롭혔던 생체 병기의 샘플이 담겨져 있었다.

"팬텀의 샘플을 가지고 온 건 정말 잘한 일이네."

"전부 김현성 군 덕분이지요. 그를 이번 임무에 포함시킨

건 정말 신의 한수였습니다. 그가 없었다면 조사대는 전멸했을 테지요."

김태성은 몸을 떨었다.

만약 현성이 없었다면 어떻게 되었을까?

적어도 지금 이렇게 자신이 관장실에서 서진철과 대화를 나누고 팬텀의 샘플을 회수해 오지 못했을 것이다.

김태성을 비롯한 조사대가 만났던 정체불명의 생명체.

사해문서를 통해 이미 그 생명체의 존재를 알고 있는 마법 협회는 팬텀이라는 명칭을 붙였다.

하지만 그뿐이었다.

마법 협회에서 팬텀의 존재유무만 알고 있을 뿐이지, 진정한 정체가 무엇인지는 모르고 있었다.

그런 상황에서 김태성이 회수해온 팬텀의 샘플은 굉장히 귀중했다. 이 샘플을 연구하면 적들에 대해 알 수 있을 테니까.

"하지만 정말 괜찮은 겁니까? 본명 미국 지부도 팬텀의 샘플을 회수했을 텐데요?"

"자네도 알지 않나. 원래 그러려고 정보를 흘린 것이니까. 오히려 문제는 일본 원숭이 놈들이지."

"그건 그렇지요."

김태성은 서진철 관장의 말에 고개를 끄덕였다.

일본 지부는 이미 오래전부터 일본 창세 신화에 나오는 삼신기인 팔지경, 즉 야타노카가미를 찾기 위해 혈안이 되어 있었다. 신화에서 전승되어져 내려오는 이야기를 토대로 팔지경이 일본 신들이 사는 세상 타카마가하라에 도달할 수 있는 신기로 알려져 있었기 때문이다.

그리고 미국 지부에서는 오래전부터 차원 이동에 관한 프로젝트가 진행 중이었다.

단군신화에 등장하는 천부인 중 하나인 청동거울이 차원 이동 기술과 연관이 있다는 사실을 안 미국 지부는 일본 지부처럼 노골적이지는 않았지만 호시탐탐 노리고 있었다.

그러던 중 아티팩트 비밀 연구소에서 연락이 두절되었다.

서진철 관장은 청동거울과 관련하여 사해문서에 기록되어 있는 인류의 적, 팬텀이 환상의 섬에 나타났다고 직감했다.

그래서 일본 지부와 미국 지부에게 아공간 입구 위치 정보를 흘린 것이다.

그들이 팬텀에 관한 정보나 샘플을 입수하도록 하기 위해서.

하지만…….

"역시 일본 지부는 도움이 되지 않는군. 도움은 주지 못할망정 방해나 하다니."

서진철 관장은 혀를 찼다.

"그게 무슨 말씀입니까?"

"내가 일본 지부와 미국 지부에게 아공간의 입구 위치 정보를 왜 흘렸다고 생각하나?"

"그야 팬텀에 관해 직접 조사를 하게 하려고 한 게 아닙니까?"

"그렇지. 하지만 그것만이 아니야."

"그럼……?"

"조사대의 지원군으로서 불러들인 것이네."

"예?"

김태성은 놀란 표정을 지었다.

서진철 관장이 일본 지부와 미국 지부에게 정보를 흘린 진짜 이유는 도움을 받기 위해서였다.

대외적으로는 인류의 적인 팬텀에 대항하기 위해 정보나 샘플을 입수시키게 하기 위해서였지만, 진짜 목적은 청동거울을 미끼로 조사대의 지원군으로서 불러들인 것이다.

"그럼 애초부터 그들을 이용할 생각이셨습니까?"

"그렇네."

"그런… 만약 그들이 청동거울을 회수하는 일이 생기면 어쩌시려고 그랬습니까?"

그 말에 서진철 관장은 피식 웃었다.

"그건 절대 불가능하지. 우리에겐 그가 있지 않나."

"아……."

김태성은 서진철 관장의 말을 이해했다.

설령 미국 지부와 일본 지부가 청동거울을 얻기 위해 움직여도 자신들에게는 그가 있었다.

위저드급 마법사인 김현성이.

"그가 있는 한 그들이 청동거울을 회수하는 일은 불가능할 테지."

"그렇지요."

김태성은 고개를 끄덕였다.

현성의 강함은 누구보다도 그가 가장 잘 알았다.

"그리고 이번 임무에서 미국 지부의 도움을 받았다지?"

미국 지부는 서진철 관장의 의도대로 움직였다.

"예. 미군 기계화부대의 도움을 몇 번 받은 적이 있었지요."

김태성은 고개를 끄덕이며 대답했다.

사실 지금 눈앞에 있는 아타셰케이스 속 팬텀의 샘플은 미국 기계화부대의 작품이라고 할 수 있었다.

현성이 마법으로 처치한 팬텀들은 이유를 알 수 없었지만 전부 잔해를 남기지 못하고 먼지처럼 흔적도 없이 사라졌다.

하지만 미군 기계화부대가 전자투사포 레일건인 메멘토모리로 쓰러트린 팬텀은 잔해가 남았다.

그걸 김태성이 몰래 회수해 왔던 것이다.

거기다 미군 기계화부대는 총 두 번 조사대를 도와주었다. 처음은 다섯 마리의 팬텀들에게 습격을 받았을 때 전자투사포 메멘토모리의 일격으로 한 마리를 처리했다.

그 결과 팬텀들이 분단되어 탈출할 수 있었다.

그리고 두 번째는 지하 5층 청동거울 실험실에 있는 제어실에서 팬텀들의 습격에 서로 힘을 합쳐서 현성이 지하 공동에서 돌아올 때까지 아슬아슬하게 버텨냈다.

'역시 서진철 관장님이군. 이렇게까지 앞날을 보고 있었을 줄이야.'

서진철 관장과 대화를 나누던 김태성은 등줄기로 소름이 돋았다.

이번 임무에서 현성을 투입한 것도 그렇고, 미국 지부를 끌어들인 것은 그야말로 신의 한수였으니까.

"문제는 일본 지부 놈들이야. 썩어도 준치라고 도움이 될까 싶어 불렀더니만 방해나 하다니. 게다가 팬텀의 정보나 샘플도 일본 지부에 전달하지 못했다지?"

서진철 관장은 혀를 찼다.

일본 지부와 자신들이 사이가 좋지 않다고 해도, 같은 마법 협회 소속이고 같은 인류였다.

그래서 그들에게도 팬텀에 관한 정보를 넘겨줄 생각이었는데 일본 지부 닌자 부대들의 행동은 상식과 개념을 초월했다.

"거기다 우리 측 요원들을 살해까지 하고."

서진철 관장은 굳은 표정을 지었다.

이번 임무에서 희생자가 없을 거라고는 생각하지 않았다.

지금까지 있었던 아티팩트 회수 임무에서 심심치 않게 사망자가 있어 왔으니까.

하지만 도움은 주지 못할망정 방해하는 것도 모자라 레드폭스 중대의 대원들을 살해까지 할 줄이야!

그뿐만이 아니었다.

멍청한 일본 닌자들은 현성에게 패했다는 이유로 전부 자결을 해버렸다.

거기다 유일하게 남았던 사루토비 마저도 스텔스 슈트를 과신한 탓에 팬텀에 의해 처참한 죽음을 맞이했다.

환상의 섬에서 얻은 팬텀에 관한 정보와 샘플을 일본 지부에 전해주지도 못하고 전원 전멸하고 만 것이다.

"하지만 일본 지부가 보유하고 있던 슈바르츠 아이젠 판처라는 아티팩트를 회수할 수 있었습니다. 이걸 연구하면 전력에 도움이 될 거라 생각합니다."

"미안하네. 그 말을 들으니 마음이 좀 놓이는군. 하지만 이제 일본 지부를 가만히 놔둘 수 없겠어."

서진철 관장은 차가운 미소를 지었다.

갈수록 일본 지부의 행태가 마음에 들지 않았다.

슬슬 일본 지부에 제재를 가해야 할 시점이라고 서진철 관장은 생각했다.

'사해문서의 예언대로 팬텀들이 가상의 존재가 아니라는 것도 판명됐으니 말이야.'

"저, 관장님."

"왜 그러나?"

그때 김태성이 심각한 표정으로 입을 열었다.

"서진철 관장님. 김현성 군을 어떻게 하실 생각입니까?"

이번 임무에서 현성이 얼마나 강한 존재인지 김태성은 누구보다도 잘 알고 있었다.

'거기다 지금은 임무를 시작하기 전보다 더 강해졌지.'

처음에는 팬텀 1기를 처리하는데 힘겨워했지만, 지하공동에 내려갔다가 온 이후로는 굉장히 여유로운 모습을 보인데 단체 공간 이동 마법까지 사용했다.

'김현성. 그는 대체 뭐하는 자일까?'

김태성은 현성에 대해 생각을 하자 두려움이 밀려들었다.

나이는 아직 스무 살도 안 된 애송이지만, 마법만큼은 그 누구보다도 뛰어났다.

"그에 대한 것이라면 걱정하지 말게. 내가 알아서 처리하도록 하지."

"예……."

서진철 관장의 확고한 어조에 김태성은 한걸음 물러섰다.

이번 임무를 통해 마법 협회 한국 지부에서 숨겨오던 중요한 기밀들이 알려졌다.

청동거울의 비밀과 그로 인해 넘어온 정체불명 생명체 팬텀.

어디 그뿐인가?

아티팩트 비밀 연구소에서 연구하던 생물 병기까지 현성은 알게 되었다.

중요한 사실을 너무나 많이 알아버린 것이다.

'이 또한 예상대로지만.'

서진철 관장은 속으로 미소를 지었다.

처음부터 현성을 조사대에 합류시켰을 때 각오하고 있었던 일이었다.

애초에 서진철 관장은 마법 협회에 대한 모든 걸 이야기할 작정으로 현성을 조사대에 합류시켰다.

현성을 완전히 자기 사람으로 만들기 위해서.

문제는 자신의 진심을 현성이 알아주느냐, 마느냐였다.

그리고 아티팩트 비밀 연구소 임무를 마치고 돌아온 현성을 상대하느라 서진철 관장은 고역을 치루었다.

현성의 입장에서 보면 마법 협회 한국 지부, 아니 나아가서는 서진철 관장을 믿을 수 없는 일들을 겪었으니 말이다.

그래서 현성은 서진철 관장에게 모든 걸 이야기하라며 따지고 들었다.

하지만 서진철 관장은 현성에게 시간을 달라고 했다.

아티팩트 비밀 연구소에서 생긴 일들의 사후처리를 해야 한다는 명목으로 말이다.

물론 현성은 그 말을 믿지 않았다. 지금 당장 이야기하지 않으면 실력 행사도 불사할 생각이었다.

그러나 이후 서진철 관장의 행동에 현성은 놀라지 않을 수 없었다.

능구렁이 같은 그가 자신의 앞에서 엎드린 채 고개를 숙이며 부탁을 해왔던 것이다.

이미 환상의 섬에서 8서클의 경지에 올라서 있던 현성은 서진철 관장이 연기를 하고 있는 것인지, 아니면 진심인지 알 수 있었다.

그리고 그의 말이 거짓이 아님을 안 현성은 서진철 관장에게 3일이라는 시간의 말미를 주었다.

그렇게 서진철 관장은 시간을 벌 수 있었다.

'남은 건……'

서진철 관장은 눈앞에 있는 은색 아타셰케이스를 노려봤다.

"김태성 실장. 이후의 일은 잘 알겠지?"

"예."

마법 협회 한국 지부는 김태성이 회수한 샘플의 일부를 전 세계에 있는 마법 협회 각 지부에 제공할 계획이었다.

물론 일본 지부는 제외할 생각이었지만.

그렇게 마법 협회에서는 팬텀에 대항할 수단을 연구하기 시작할 것이다.

모든 건 그때를 대비하기 위해서.

"지금부터 팬텀 프로젝트를 시작하도록 하겠네."

"알겠습니다."

서진철 관장의 선언에 김태성은 조용히 고개를 숙였다.

제 11 장
대형마트의 횡포

"……."

조용한 방 안.

어느덧 현성이 아티팩트 비밀 연구소에서 임무를 마치고 다시 인천으로 돌아온 지 하루가 지나 있었다.

현성은 하루 전에 있었던 일들을 떠올렸다.

아티팩트 비밀 연구소 임무에 투입되면서 많은 사실들을 알았다.

신화시대의 아티팩트 청동거울의 비밀.

다른 차원에서 넘어온 정체불명의 생명체.

아티팩트 비밀 연구소에서 연구하던 생물 병기까지.

이외에도 마법 협회 한국 지부에서는 밝힐 수 없는 비밀들을 가지고 있을 것이다.

그 때문에 현성은 서진철 관장에서 모든 사정을 듣기 위해 벼르고 있었다.

하지만 막상 만나본 서진철 관장은 자신에게 고개를 숙이며 시간을 달라고 했다.

'설마 그가 바닥에 엎드리면서 부탁을 해올 줄이야.'

능구렁이 같은 서진철 관장이 이렇게 자기 자신을 굽히며 부탁을 해오자 현성은 고민에 빠져 들었다.

서진철 관장이 자신을 속이려고 한다던가, 아니면 함정을 파기 위해서 시간을 벌려고 할 수도 있지 않은가?

하지만 그 생각에 현성은 속으로 고개를 저었다.

지금 현성은 이드레시안 차원계에서 이룩했던 8클래스 대마법사의 경지에 올랐다.

서진철 관장이 무슨 다른 꿍꿍이속이 있는지, 없는지 정도는 알아낼 수 있었다.

"대체 무슨 일이 생기고 있는 거지?"

서진철 관장이 시간을 달라고 한 이유가 아티팩트 비밀 연구소의 임무와 관련이 있다는 것쯤은 조금만 생각해도 알 수 있는 일이었다.

분명 사후처리를 하기 위해서 일일 터.

"정체불명의 생명체와 연관이 있는 건 틀림없는 일이지."

생체 병기에 대해 떠올린 현성은 살짝 눈살을 찌푸렸다.

생체 병기 한 기와 제대로 싸우려면 5클래스의 마력이 있어야 했다.

하지만 과연 현대에 5클래스 마법사가 몇 명이나 있을까?

'마법 협회 회장이 5클래스라는 이야기가 있긴 하지만 정확하진 않으니…….'

이상하게도 마법 협회 내부에서는 고위급 마법사에 대한 정보는 그다지 없었다.

그저 추측성 소문만이 난무하고 있을 뿐이었다.

"앞으로 이틀 남았군."

자신에게 고개를 숙이는 서진철 관장의 말에 거짓이 없다는 사실을 안 현성은 3일이라는 시간을 주었다.

그리고 지금 하루가 지났으니 이제 이틀 남았다. 그동안 현성은 집에서 푹 쉬기로 마음먹었다. 아티팩트 비밀 연구소에서 있었던 일들은 현성에게도 무척 피곤한 일이었으니까.

이틀이 지나면 서진철 관장을 탈탈 털어서 무슨 일이 일어나고 있는지 들어볼 작성이었다.

위이잉.

그때 현성의 스마트폰에서 진동음이 울려 퍼졌다.

"누구지?"

발신자를 확인하니 용 사장이었다.

"아, 용 사장. 오랜만이군."

―오랜만입니다, 형님.

현성은 반갑게 용 사장의 전화를 받았다.

"그래, 아침부터 어쩐 일인가?"

―그게… 묘한 일이 생기고 있는 것 같아 연락 드렸습니다.

"묘한 일?"

용 사장의 말에 현성은 의아한 표정을 지었다.

―형님의 부모님들이 재래시장에서 가게를 하나 운영하고 있지 않습니까?

"그렇지."

―최근 그 재래시장을 노리고 근처에 있는 대형마트 하나가 움직이고 있는 모양입니다.

"그게 무슨 말이지?"

현성은 정색하며 되물었다.

그렇지 않아도 대형마트 때문에 부모님께서 하시는 채소가게에 손님들이 줄지 않았던가?

그래서 현성은 생활용품 아티팩트를 제조하여 다시 손님들을 끌어 모으게 만들었다.

그런데 대형마트가 묘한 움직임을 보이고 있다니?

"자세하게 이야기해 봐."

현성은 용 사장의 이야기를 경청했다.

용 사장의 이야기에 의하면 부모님들의 채소가게가 있는 재래시장에 근래 들어 손님들이 많이 모여들고 있다고 한다.

그 말은 곧 재래시장 근처에 세워진 대형마트의 매출이 떨어진다는 사실을 의미했다.

그 때문에 대형마트 업주가 이에 앙심을 품고 양아치들을 동원해서 재래시장에 있는 상인들의 영업을 방해하려고 한다는 이야기였다.

그뿐만이 아니었다.

용 사장의 이야기를 들은 현성은 혀를 차며 말했다.

"용케 그 사실을 알아냈군."

―그게 저희들 쪽으로도 의뢰가 들어와서 말입니다.

"허."

그 말에 현성은 헛웃음을 흘렸다.

정말 공교롭지 않은가?

만약 용 사장이 현성의 부모님들이 하시는 일을 알지 못했다면, 대형마트 업주의 의뢰를 받았을지도 모른다.

그렇게 되었다면 용 사장이 지금 이렇게 웃으며 현성과 대화를 나눌 수 있었을까?

인생사 새옹지마가 아닐 수 없었다.

까닥 잘못했으면 현성과 얼굴을 붉힐 뻔할 수도 있었지만, 덕분에 중요한 정보를 전해줄 수 있게 되었으니 말이다.

―대형마트 업주가 다른 조직에도 의뢰를 한 모양이라 막으려고 했지만, 저희 조직의 입김이 닿지 않는 일부 조직과 양아치들에게까진 손을 쓰지 못했습니다. 죄송합니다.

"아니야. 빚을 졌군."

―아닙니다. 더 도와드리지 못해서 죄송합니다.

용 사장의 말에 현성은 피식 웃었다.

"알려준 것만으로도 고맙지. 그 외에 또 무슨 일 없나?"

―그게…… ·.

"또 뭔가 있나 보군."

―재래시장에서 안 좋은 소문이 나고 있습니다.

"안 좋은 소문?'

현성은 어두운 표정을 지었다.

조직원들이나 양아치들이 영업 방해를 하고 있다는 것도 모자라, 안 좋은 소문까지 나고 있다니?

―특히 형님의 부모님들이 하시는 채소가게에 대한 소문 이 더 크더군요.

용 사장의 이야기에 의하면 부모님들이 하시는 채소가게 에서 농산물을 며칠 묵혀서 비싸게 팔고 있다는 둥, 벌레 먹 은 게 많다는 둥 악질적인 소문이 퍼지고 있다고 했다.

그 덕분에 최근 부모님이 하시는 채소가게 손님들의 발길 이 줄어들기 시작했으며, 재래시장 전체에 손님들이 줄고 있 는 모양이었다.

"그런 일이 있었을 줄이야."

현성은 얼굴을 살짝 찌푸렸다.

누군가 부모님들을 핀 포인트로 노리고 소문을 냈다고밖

에 생각되지 않았다.

그럼에도 불구하고 부모님들은 현성과 현아에게 힘든 기색 하나 보인 적이 없었다.

분명 부모님들은 자식들에게 걱정을 주기 싫었으리라.

—어떻게 할까요? 형님이 원하시면 조직을 동원해서 대형마트가 영업을 하지 못하도록 하겠습니다.

"뒷감당은 어떻게 하려고? 그냥 마음만 받도록 하지."

용 사장의 말에 현성은 쓴웃음을 지으며 대답했다.

그의 말대로 후광파의 힘이라면 대형마트 하나 정도는 부술 수 있을 것이다.

하지만 분명 경찰에서 가만히 있을 리 없을 것이고, 인터넷이나 언론에서는 조직폭력의 문제가 어쩌고 하면서 대서특필이 될지도 모르는 일이었다.

—죄송합니다.

"아니야. 뒷일은 그냥 내가 알아서 하도록 하지."

—알겠습니다.

그렇게 현성은 용 사장과 전화통화를 끊었다.

'마법 협회 일도 있기는 하지만 지금은 대형마트 건부터 해결해야겠군.'

싫든 좋든 서진철 관장과의 일은 앞으로 이틀 남았다.

그전에 현성은 부모님을 핍박하는 대형마트부터 해결하기로 마음먹었다.

"그럼 오랜만에 또 시장에 나가볼까?"

점시에 다 되어가는 늦은 오전 시간.

현성은 부모님이 일하시는 채소가게에 가기 위해 방을 나섰다.

＊　　　＊　　　＊

대형마트 2층 점장실.

지금 그곳에서 기분 나쁜 눈빛으로 창가에 서 있는 인물이 있었다.

대형마트 매장을 책임지고 있는 점장, 이진호.

그가 운영하는 대형마트는 중견기업 마트 계열사로, 이진호는 40대 중반에 점장자리에까지 오른 수전노였다.

그리고 중견기업의 점장 직책에 있는 사원이기도 했다.

"마음에 안 들어."

이진호 점장은 창문 너머에 보이는 재래시장을 바라보며 눈살을 찌푸렸다.

처음 대형마트를 세웠을 때는 매출이 얼마 되지 않았지만, 얼마 지나지 않아 재래시장을 이용하는 손님들이 넘어오기 시작했다.

그 이후에는 일사천리로 일이 풀려나가며 매출액도 껑충 뛰었다.

하지만 그것도 얼마 가지 못했다.

어느 순간 손님들이 다시 재래시장 쪽으로 넘어갔던 것이다.

"이해가 안 된단 말이야."

이진호 점장은 고개를 흔들었다.

재래시장에 비한다면 자신들이 우월했다.

대량구매로 인한 원가절감과, 대형 냉동창고의 신선도.

거기다 매일 신선한 제품들을 도매시장에서 직접 새벽마다 구해서 팔고 있었다.

무엇 하나 밀릴 이유가 없었다.

하지만 그럼에도 불구하고 손님들의 발길이 대형마트에서 뜸해지며 재래시장 쪽으로 넘어갔다.

그 때문에 매출액이 수직하강곡선을 그리며 뚝뚝 떨어졌다.

이진호 점장 입장에서 보면 속에 천불이 나지 않을 수 없었다. 잘 올라가던 매출액이 갑자기 떨어지기 시작한 것이니 말이다.

"작은 채소가게 하나 때문에 이게 무슨 꼴인지, 원."

이진호 점장은 혀를 찼다.

어째서 손님들이 다시 재래시장 쪽으로 넘어간 건지 조사를 한 결과, 재래시장에 있는 자그마한 채소가게 때문이라는 사실을 알아냈다.

무슨 이유인지는 모르겠지만, 갑자기 작은 크기의 채소가게 쪽으로 손님들이 몰려가더니 결국 재래시장 전체에 손님들이 늘어났던 것이다.

"하지만 그것도 얼마 가진 못하겠지."

이미 이진호 점장은 며칠 전부터 공을 들여서 작업을 하고 있는 일이 있었다.

그 결과가 이제 슬슬 나타나고 있는 중이었다.

재래시장으로 향하던 손님들의 발길이 다시 대형마트 쪽으로 향하고 있었던 것이다.

이대로 간다면 예전처럼 매출이 올라갈 것이리라.

이진호 점장은 창가에서 재래시장을 내려다보며 비웃음을 지었다.

*　　　*　　　*

"흠……."

현성은 부모님들이 채소장사를 하시는 재래시장에 도착해 있었다.

"사람들이 진짜 없네."

재래시장을 오가는 사람들이 손에 꼽을 정도로 얼마 없었다.

아무리 손님들이 적은 시간대이긴 했지만, 확실히 이전에

비하면 거의 없는 수준이었다.

현성은 재래시장 내부를 거닐며 부모님들이 일하시는 채소로 향했다.

"아니, 이 아저씨야. 자릿세 몰라? 지금 자릿세 달라고 한 지 벌써 며칠 째인 줄 알어?"

현성이 채소가게에 가까워지자 20대 중후반쯤 되는 사내의 언성이 들려왔다.

'뭐지?'

현성은 발걸음을 빨리했다.

저 멀리서 사내 세 명이 부모님 가게 입구 앞에 서 있는 모습이 보였다. 아무래도 가게에 무슨 일이 생긴 모양이었다.

"우리가 왜 자릿세를 내야 한단 말인가? 일 없으니 그만 돌아가게."

"이 아저씨가 아직 정신을 못 차렸나!"

사내는 화가 난 표정을 지으며 가게 앞에 진열되어 있는 채소와 과일을 발로 찼다.

"그, 그만 하게! 자꾸 이러면 경찰을 부르겠어!"

아버지는 사내의 행동을 말리며 일침을 놓았다.

"경찰?"

"웃기는 아저씨네."

"과연 경찰이 오는 게 빠를까? 아니면 우리가 가게를 부수는 게 빠를까?"

하지만 아버지의 말에 사내들은 비웃음을 흘리며, 슬쩍 본심을 드러냈다.

"……."

그들의 말에 아버지는 침묵할 수밖에 없었다.

경찰이 가게까지 오려면 못해도 10분 이상은 걸릴 것이다.

그동안 눈앞에 있는 사내들이 마음먹으면 채소 가게 하나 날아가는 건 한순간일 터.

"알겠으면 그만 좀 빼기고 자릿세 내놓으라고, 이 아저씨야!"

그때 사내 한 명이 아버지에게 손찌검을 하기 위해 팔을 치켜들었다.

"여, 여보!"

사내에게 아버지가 맞게 생기자 가게 안에서 어머니가 뛰어 나왔다.

바로 그때.

탁!

"그쯤하지."

현성이 바람처럼 달려와서 사내의 손목을 움켜잡았다.

"뭐야, 이 새끼?"

"대가리에 피도 안 마른 놈이 미쳤나?"

"손 안 놔?"

사내들은 갑자니 나타난 현성을 보더니 눈을 부라렸다.

"혀, 현성아!"

어머니와 아버지는 갑자기 나타난 현성을 보고 놀란 표정을 지었다.

"지금 이게 대체 무슨 일입니까?"

현성은 아버지와 어머니를 바라보며 질문을 던졌다.

지금 가게에서 행패를 벌이고 있는 사내들은 한눈에 봐도 양아치 새끼들이라는 사실을 알 수 있었다.

"야, 이 새끼야! 빨리 이 손 못… 으어억!"

현성의 손에 손목이 붙잡혀 있던 양아치가 눈에 힘을 주며 소리치다가 비명을 질렀다.

현성이 손에 힘을 준 것이다.

"흥!"

현성은 코웃음을 치며 그대로 양아치의 팔을 꺾은 후 발로 등허리를 뻥 찼다.

"어이쿠!"

양아치는 볼썽사납게 땅바닥을 구르며 내팽개쳐졌다.

"이놈이 미쳤나!"

동료 중 한 명이 어이없이 나가떨어지자 나머지 양아치 두 명의 얼굴이 붉으락푸르락해졌다.

"꺼져, 이 새끼야!

양아치 하나가 현성을 향해 주먹을 휘두르며 달려들었다.

그것을 본 현성은 왼쪽으로 반걸음 옮기며 양아치의 주먹을 피했다.

그리고 주먹을 휘두른 양아치의 손목을 낚아챈 후 잡아당기며, 다리를 걸었다.

"어? 어어?"

그러자 양아치는 놀란 목소리를 내며 공중을 한 바퀴 빙글돌았다.

쿠당탕!

"크헉!"

난데없이 공중회전을 하며 땅바닥에 허리부터 떨어진 양아치는 입에 게거품을 물고 기절했다.

이제 남은 건 양아치 한 명뿐.

현성은 마지막 남은 양아치를 처리하기 위해 몸을 돌렸다.

때앵!

그때 현성의 귀에 격렬한 금속음이 들려왔다.

"……."

소리가 들려온 곳을 바라보자 눈을 하얗게 까뒤집으며 쓰러지는 양아치 한 명을 볼 수 있었다. 그리고 그 너머에는 쇠쟁반을 들고 있는 아버지의 모습이 보였다.

마무리는 현성이 아니라 아버지가 한 것이다.

"나이스 샷."

현성은 미소를 지으며 엄지손가락을 추켜올렸다.

"이, 이런 시발……."

그때 현성의 발에 차여 넘어졌던 양아치가 허리를 문지르며 자리에서 일어났다. 그는 자신의 동료 두 명이 바닥에 쓰러진 모습을 보고 얼굴을 찌푸렸다.

"두, 두고 보자!"

그리고 전형적인 양아치들의 한마디를 남기더니 동료 두 명을 데리고 줄행랑을 놓았다.

그런 양아치들을 바라보며 현성은 희미한 미소를 지었다.

"아버지, 방금 사람들은 누굽니까? 왜 우리 가게에서 행패를 부린 거죠?"

양아치들이 사라지고 가게 안에 들어간 현성은 아버지에게 질문을 던졌다.

"네가 걱정할 일이 아니니 신경 쓰지 마라."

하지만 아버지는 옹고집을 부리며 현성에게 이야기를 하려고 들지 않았다.

아버지의 태도에 현성은 어머니를 바라봤다.

"에휴, 가게 정리나 해야겠네."

그러자 어머니는 한숨을 내쉬며 자리에서 일어나더니 가게 밖으로 나갔다. 그리고 조금 전 양아치들이 행패를 부리며 어지럽힌 진열대를 정리하기 시작했다.

"아버지."

"저런 양아치 놈들 따위 내가 알아서 할 수 있으니 아무 걱정하지 마라. 특히 현아한테는 오늘 있었던 일 절대 말하지 말고. 알겠지?"

현성의 말에 아버지는 이야기할 생각이 없는 모양이었다.

오히려 친구들을 만나러 가서 지금 이 자리에 없는 현아에게 오늘 있었던 일을 말하지 말라며 신신당부까지 했다.

"……."

현성은 말없이 아버지의 눈을 바라봤다.

아버지의 눈은 고집스러워 보였지만, 자식들에게 걱정을 끼치기 싫어하는 가장의 눈빛이었다.

슥슥.

그때 갑자기 아버지가 현성의 머리를 쓰다듬어주었다.

"작년까지만 해도 네 생각만 하면 가슴이 답답했는데 이젠 많이 의젓해졌구나."

"아버지……."

"너무 걱정하지 마라. 이제 너도 이렇게 정신을 차렸는데 나쁜 일이 생기겠느냐. 앞으로 일어나는 일은 내가 알아서 다 하마."

아버지는 지금의 현성이 대견스러웠다.

불과 작년까지만 해도 왕따니 뭐니 하면서 자살 소동을 일으키며 애태우던 아들이 지금은 정신을 차리고 가족들을 걱정하고 있지 않은가?

그뿐만이 아니었다.

지금은 고등학교도 스카웃되어 장학금을 받으며 다니고

있었다.

그 때문에 아버지는 가슴이 뿌듯했다.

아무리 힘들고 어려운 일이 생겨도 현성이나 현아를 생각하면 무엇이든 다 해결할 수 있을 것 같았다.

가족을 지키는 아버지의 입장으로서.

"너무 혼자서만 하려고 하지 마세요."

결국 현성은 한걸음 물러났다.

"녀석. 내 걱정일랑 말고 네 일이나 잘 하려무나."

"그야 당연하죠."

현성은 씩 웃으며 대답했다.

하지만 속마음은 달랐다.

'양아치 녀석들은 내가 처리해야겠군.'

현성은 이번 일이 끝이 아님을 알고 있었다.

용 사장 말에 의하면 대형마트가 뒤에 있을 테니까.

분명 또 깽판을 치러 올 테지.

현성은 아버지와 함께 어머니를 도와 가게 정리를 하기 시작했다.

*   *   *

부모님이 일하시는 채소가게에서 좀 떨어진 한적한 공원.

지금 그곳에서 사내 세 명이 바닥에 쪼그리고 앉아 담배를 뻑뻑 피우며 욕을 내뱉고 있었다.

"아오 시팔! 그놈의 애새끼 대체 뭐하는 새끼냐?"

"몰라 시발. 에이 진짜 좆같네."

"그러게. 나이도 어린 새끼가 뭐 그리 강한지, 원."

그들은 한마디씩 하면서 현성을 씹었다.

그때 현성에게 등허리를 발로 차인 양아치가 실실 쪼개는 얼굴로 마지막에 말한 양아치를 바라보며 입을 열었다.

"야, 박상재 이 새끼야. 넌 아까 내가 보니까 거기 아저씨한테 대가리 처맞고 기절했잖아."

"아 시발, 조진성 이 새끼는 애새끼한테 등허리를 발로 차인 주제에 말이 많아!"

"조까! 이 새끼야. 내가 너희들 업고 오는데 얼마나 힘들었는지 아냐?"

박상재라고 불린 양아치와 조진성이라고 불린 양아치는 서로 티격태격거리며 싸우기 시작했다.

그러자 마지막 남은 양아치가 인상을 찌푸리며 소리쳤다.

"아 시발, 닥쳐 이 새끼들아. 난 지금 아직도 허리 아파 죽겠구만."

"쯧쯧. 너 그러다 나중에 자식새끼 못 보는 거 아니냐?"

"아, 새끼. 말하는 게 참 좆같다?"

"너만 하겠냐."

그들은 서로 희희덕거렸다.

그리고 현성에게 공중회전을 당하며 허리를 다친 양아치가 진지한 얼굴로 입을 열었다.

"야, 근데 시발 이제 우리 어쩌냐? 진호 형님한테 돈은 받을 대로 받았는데 제대로 못 끝냈잖아."

"오늘만 날이냐. 그놈의 애새끼 없을 때 작살내면 되지."

"정 안 되면 애들 좀 부르면 되는 거고."

양아치들은 비릿한 웃음을 흘렸다.

현성의 예상대로 그들은 아직 포기하지 않았다.

언제든 기회를 봐서 부모님들이 하고 계시는 채소가게를 부술 생각이었던 것이다.

"호오? 그거 참 흥미로운 말인데. 이야기 좀 들어봐도 될까?"

그때 양아치들의 등 뒤에서 호기심 어린 목소리가 울려 퍼졌다.

"누구… 냐……?"

순간 놀란 양아치들은 고개를 돌리며 소리치다가 말꼬리를 흐렸다.

"아직도 이런 곳에 있었다니, 간이 배 밖으로 나와 있는 녀석들이로군."

고개를 돌린 그곳에 자신들을 순식간에 쓰러뜨린 현성이 악마와 같은 미소를 짓고 있었으니까.

제 12 장
일본으로

"역시 용 사장의 말대로 대형마트 점장이 얽혀 있었군."

지금 양아치들은 현성의 발밑에 쓰러진 채 끙끙대고 있었다.

부모님들과 함께 가게 일을 정리한 현성은 양아치들을 찾기 위해 가게를 나섰다.

이미 양아치들이 전형적인 대사를 남기고 도망을 칠 때 2클래스 위치 추적 마법, 포지션 트레킹(Position tracking)을 걸어놓았기 때문에 찾는 건 손쉬운 일이었다.

거기다 양아치들은 재래시장에서 얼마 떨어지지 않은 공원에서 태평스럽게 담배를 피며 이야기나 하고 앉아 있지 않은가?

현성은 그들을 단번에 제압하고 배후를 물었다.

그리고 그들의 배후가 대형마트 점장, 이진호라는 증언을
확보했다.

"이놈을 어떻게 한다?"

현성은 생각에 잠겼다.

상대는 대형마트의 점장이었다.

가만히 놔둔다면 또 부모님들의 가게와 재래시장의 영업
을 방해하려고 할 것이다.

그렇다면 어떻게 하는 편이 가장 좋을까?

"대형마트라 이거지?"

순간 현성은 좋은 생각이 떠올랐다.

그리고 스마트폰을 꺼내고 어디론가 전화를 걸기 시작했
다.

*   *   *

대형마트 2층 점장실.

이진호 점장은 바쁜 업무를 마치고, 오후의 커피타임을 즐
기고 있었다.

"좋군."

모니터에 띄워져 있는 ERP(enterprise resources planning:전

사적 자원관리) 프로그램을 바라보며 이진호 점장은 만족스러운 미소를 지었다.

어제보다도 더 매출이 올라 있었던 것이다.

이제 앞으로도 계속 매출액은 상승곡선을 그릴 것이고, 덩달아 자신의 실적도 함께 올라갈 생각에 이진호 점장은 절로 미소가 지어졌다.

따르릉.

그때 점장실에 있는 인터폰이 벨이 울렸다.

"무슨 일인가?"

─점장님. 지금 점장님을 만나야겠다고 하는 고등학생이 있는데 어떻게 할까요?

"고등학생?"

인터폰 너머에서 들려온 여직원의 말에 이진호 점장은 눈살을 찌푸렸다.

대체 고등학생이 무슨 이유로 자신을 만나겠다는 것인가?

'혹시?'

"고등학생이 클레임을 걸던가?"

─예? 아니요. 그런 건 아닌 것 같던데요.

"아니라고?"

여직원의 대답에 이진호 점장은 고개를 갸웃거렸다.

하지만 이내 언성을 높이며 말했다.

"그럼 돌려보내! 그리고 자네, 지금 정신이 있어? 없어? 고등학생이 점장을 만나겠다고 해서 연락을 하면 어떡하나?"

—아. 죄, 죄송합니다!

이진호 점장의 역정에 여직원은 화들짝 놀라며 사과했다.

"다음부턴 일 똑바로 하게!"

그 말을 끝으로 이진호 점장은 인터폰을 집어 던지듯이 끊었다.

"나 원, 겨우 이런 일로 연락을 하다니. 요즘 직원들 기강이 해이해졌군."

그렇게 이진호 점장은 고개를 흔들며 혀를 찼다.

그 순간.

쿵쿵쿵!

"이, 이봐 학생! 거긴 들어가면 안 돼!"

점장실 밖에서 소란스러운 소리가 들려왔다.

"뭐야?"

이진호 점장은 밖이 소란스럽자 인상을 찌푸렸다.

쾅!

그리고 얼마 지나지 않아 점장실 문이 거칠게 열리며 한 소년이 나타났다.

다름 아닌 현성이었다.

"당신이 이진호 점장인가?"

현성은 눈앞에 있는 40대 중반의 사내를 노려보며 말했다.

이진호 점장은 갑자기 현성이 점장실에 들이닥치자 놀란 표정을 지었다.

"뭐, 뭐야? 너 뭐하는 놈이야?"

"나? 나는 저기 재래시장에서 장사하는 채소가게 아들인데?"

"뭐? 채소가게 아들?"

이진호 점장은 현성의 말에 잠시 어안이 벙벙한 표정을 지었다. 그리고 이내 상황을 파악하고는 비웃음을 흘리며 입을 열었다.

"그래, 채소가게 아들이 나한테 무슨 볼일이지?"

"그건 본인이 잘 알고 있을 텐데?"

이진호 점장은 살짝 눈살을 찌푸렸다.

"그런데 어째 말이 좀 짧군. 가정교육을 제대로 배우지 못했나?"

"당신한테 들을 말은 아니지. 치졸하게 양아치들을 써서 영업 방해나 하는 주제에 말이야."

현성은 날카로운 눈으로 이진호 점장을 노려봤다.

그러자 이진호 점장은 뜨끔한 얼굴을 했다가 이내 표정 관리를 했다.

"흥. 이상한 소리를 하는군. 기껏해야 재래시장의 장사꾼 아들놈이."

이진호 점장의 말에 현성의 눈썹이 꿈틀했다.

"그리고 말이 나와서 하는 말인데 이제 재래시장은 한물갔어. 마케팅도 제대로 못하는 멍청한 상인들이 무슨 장사를 하겠다고 그러는 건지 원. 내가 저 놈의 망할 재래시장 때문에 손해본 걸 생각하면 자다가 벌떡 일어난 게 한 두 번이 아니야."

이진호 점장은 적반하장이 아닐 수 없었다.

재래시장 상인들이 그의 말을 들었다면 가슴을 치고 통탄하리라. 이진호 점장 앞에서 재래시장 상인들이 해야 할 말들을 오히려 그가 하고 있었으니 말이다.

"그래서 양아치들을 고용해서 내 부모님들을 핍박했나?"

현성은 이진호 점장을 바라보며 조용한 목소리로 말했다.

그 말에 이진호 점장은 눈살을 찌푸렸다.

"웃기는 녀석이로군. 자꾸 증거도 없이 그딴 소리를 계속해 봐. 명예훼손으로 고소할 테다!"

"증거라면 있지. 박상재, 조진성, 최종수. 당신이 잘 알고 있는 이름이 아닌가?"

현성은 양아치들로부터 들은 이름을 나열했다.

하지만 그 말을 들은 이진호 점장은 현성을 비웃었다.

"흥. 역시 멍청하기 짝이 없군. 난 그 사람들 모른다. 자꾸 이런 식으로 나오면 좋지 않을 걸?"

설령 양아치 놈들이 시인했다고 해도 자신은 모른다고 딱 잡아떼면 될 일이었다. 명확한 증거가 없는 이상 자신이 피해

받을 일은 없을 테니까.

　오히려 눈앞에 있는 소년의 부모들을 상대로 명예훼손과 협박 및 모함 등의 이유로 고소고발을 할 수 있었다.

　"글쎄… 후회할 텐데?"

　"흥. 후회하는 건 내가 아니라 바로 너다."

　이진호 점장은 자신감이 넘쳐흘렀다.

　자신의 스마트폰으로 한 통의 전화가 걸려오기 전까지는.

　위이이이잉.

　'전화인가? 누구지?'

　스마트폰에서 진동과 함께 음악이 흘러나오자 이진호 점장은 발신자를 확인했다.

　'대표이사님이잖아!'

　이진호 점장은 깜짝 놀란 표정을 지었다.

　그리고 눈앞에 있는 현성이 있다는 사실도 잊어버리고 다급히 스마트폰을 받았다.

　"대표이사님. 무슨 일이십니까?"

　ㅡ이봐, 이진호 점장.

　"예."

　ㅡ자네 이 시간부로 점장직에서 해임하겠네.

　"예?"

　순간 이진호 점장은 사고가 정지했다.

　도저히 믿기 힘든 말을 들었기 때문이다.

"그게 대체 무슨……?"

―내 말 못 들었나? 자네 이제 점장직에서 해임됐다고. 대리로 강등되었으니 그리 알게. 싫으면 나가든가.

스마트폰 너머에서 들려오는 대표이사의 말에 이진호 점장은 멍한 표정을 지었다.

그리고 이내 스마트폰을 붙들고 침을 튀겨가며 소리쳤다.

"대표이사님! 그게 대체 무슨 말입니까! 제가 점장직에서 해임이 되다니요? 제가 대체 무슨 잘못을 했다고 이러시는 겁니까?!"

―그건 자네가 더 알지 않나? 이야기를 들어보니 온갖 유언비어를 퍼뜨리고, 종국에는 양아치 새끼들이랑 조폭까지 동원해서 재래시장을 망하게 하려고 했다며? 지금 그것 때문에 난리가 났어, 이 새끼야!

"허……."

대표이사의 말에 이진호 점장은 눈앞이 캄캄해졌다.

약간 와전된 내용도 있긴 했지만 전반적으로 다 맞는 말이었다.

대체 그 사실을 대표이사가 어떻게 안 것일까?

―아무튼 그 때문에 자네를 점장직에서 해임하고 새로운 점장을 보냈으니 알아서 처신 잘해. 자네가 어떻게 하느냐에 따라 퇴직금이 날아갈 수도 있고, 지금 당장 목이 날아갈 수가 있으니 말이야.

"그, 그게 무슨……? 그리고 새로운 점장이라니요? 대체 누구입니까?"

─이름은 김현성이라고 하네. 나이는 상당히 어리다고 하더군.

"김현성?"

"아, 그거 내 이름이야."

"……?!"

현성의 말에 이진호 점장, 아니 이제는 대리가 된 이진호는 두 눈을 부릅떴다.

"서, 설마 네가 새로운 점장……?"

"잘 부탁합니다, 이진호 사원."

현성은 씩 웃으며 말했다.

그리고 대표이사는 이진호를 대리로 강등시켰지만, 현성은 화끈하게 일반사원 직급으로 강등시켜 버렸다.

'망했다.'

현성의 웃는 말에 이진호는 손에 들고 있던 스마트폰을 자기도 모르게 떨어뜨렸다.

마치 바닥이 없는 나락으로 한없이 떨어지는 기분.

이진호는 자신의 행동을 후회하며 고개를 떨구었다.

*   *   *

시간은 쏜살같이 흘러 어느덧 이틀이 지났다.

그리고 현성은 대형마트의 일을 해결하면서 서진철 관장이 가지고 있는 권력의 힘을 다시 한 번 느꼈다.

이틀 전, 현성은 대형마트의 일을 해결하기 위해 인천 역사 유물 박물관에 전화를 걸었다.

목적은 아티팩트 비밀 연구소 임무의 보수를 받기 위함이었다. 임무를 마치던 날, 어떤 보수를 원하는지 서진철 관장이 물어왔지만 현성은 생각을 해보겠다고 하고 답변은 하지 않았다.

그러다가 이번에 대형마트 일을 해결하기 위해 보수를 받기로 결정을 내린 것이다.

그 보수는 부모님의 가게를 건드린 이진호 점장이 관리하고 운영하는 대형마트였다.

즉, 인천 역사 유물 박물관을 통해서 중견기업의 대형마트 하나를 인수한 것이다.

거기다 현성은 중견기업의 주식 일부를 가지고 회사 임원이 되었다.

이 모든 일이 반나절이 채 지나기 전에 이루어졌다.

그것만 보더라도 인천 역사 유물 박물관, 아니 마법 협회 한국 지부가 얼마나 큰 권력과 재력을 가지고 있는지 단편적으로나마 알 수 있었다.

'그리고 그런 조직의 장이 고개를 숙이고 부탁을 해올 정

도면 숨기고 있는 비밀이 크다는 소리겠지.'

현성은 쓴웃음을 지었다.

이제 자신은 마법 협회 한국 지부가 숨기고 있는 비밀을 들으러 박물관에 가야했다.

과연 그곳에서 무엇이 기다리고 있을지 현성은 기대하고 있었다.

"뭐, 함정을 준비하기 위한 시간 벌기는 아닌 것 같았으니 별일은 없을 같지만 말이야."

아티팩트 비밀 연구소 임무에서 8클래스 도달한 현성은, 그 당시 서진철 관장이 숨기고 있는 꿍꿍이속이 있는지 없는지 정도는 간파할 수 있었으며 거짓을 말하고 있지 않다는 사실을 알 수 있었다.

그 때문에 순순히 3일이라는 시간을 준 것이다.

자기 체면도 버리고 고개 숙여 부탁하는 서진철 관장의 태도를 반영한 결과이기도 했다.

"이제 가보면 알 수 있겠지."

모든 준비를 마친 현성은 박물관으로 가기 위해 방을 나섰다.

크르릉!

방을 나선 현성은 거실에서 으르렁거리고 있는 강아지 한 마리를 볼 수 있었다.

아티팩트 비밀 연구소에서 데리고 온 시베리안 허스키 강아지였다.

강아지는 거실에서 현아와 놀고 있는 중이었다.

현아의 손에는 뼈다귀처럼 생긴 강아지 장난감이 들려 있었는데, 그것을 보고 시베리안 허스키 강아지는 으르렁거리며 이리 뛰고 저리 뛰고 난리가 아니었다.

"뭐하냐?"

"아, 오빠."

시베리안 허스키 강아지를 데리고 장난을 치던 현아는 현성을 보고 인사했다.

"오빠, 이 강아지 너무 귀여워! 어디서 구해온 거야?"

요 며칠간 현아는 현성이 데리고 온 강아지에 빠져 살고 있었다. 현아의 말로는 머리도 좋아서 훈련을 시키면 바로 이해하고 따라한다고 한다.

아티팩트 비밀 연구소에서 울프독 프로젝트의 연구실험으로 탄생한 강아지였으니 머리가 좋을 수밖에 없었다.

거의 인간에 가까운 지능을 가지고 있으리라.

"너무 장난은 치지 말고. 네가 잘 보살펴줘라."

"흥, 당연하지!"

현아는 강아지를 품에 안고 머리를 슥슥 쓰다듬어주었다.

그 모습을 본 현성은 피식 웃음을 흘렸다.

처음에는 강아지가 연구소에서 태어난 실험체라 걱정이 되었지만, 다행히 현아와 별 탈 없이 지내고 적응도 잘하고 있는 것 같아 마음이 놓였다.

현아뿐만이 아니라 부모님들도 강아지를 마음에 들어 하는 눈치였던 것이다.

"그럼 난 잠시 볼일이 있어서 나갔다가 올게."

"어디가?"

"어."

"혹시 옆집 누나들 만나러 가는 거 아니야?"

현아는 새초롬하게 뜬 눈으로 현성을 노려봤다. 그리고 어째서인지 현아의 품 안에서 가늘게 눈을 뜬 강아지도 현성을 노려보고 있었다.

그 모습에 현성은 한숨을 내쉬며 고개를 흔들었다.

"아니."

옆집 누나들이란 최미현과 서유나를 의미한다.

현성은 그녀들을 경계하는 현아의 묘한 태도를 이해할 수 없었다.

"그럼 효연이 만나러?"

"그것도 아니란다."

"흐응……."

현아는 샐쭉한 눈으로 현성을 바라봤다.

지금 현성은 잠깐 볼일 보러 간다는 말과 다르게 꽤 차려입고 있었다.

대체 저렇게 차려입은 옷차림으로 어디를 가려는 것일까?

끼잉끼잉.

그때 강아지가 현아의 품에서 뛰어내리더니 현성의 다리에 몸을 부비부비거렸다.

그런 강아지의 머리를 현성은 슥슥 쓰다듬으며 입을 열었다.

"잠깐 나갔다 올 테니 현아를 부탁한다."

왕!

현성의 말에 대답하듯 강아지는 알겠다는 얼굴로 한차례 짖었다.

그리고 현아는 허리에 손을 척 걸치고 한마디했다.

"걱정도 팔자네. 내 앞가림은 내가 알아서 하네요!"

"오냐. 그럼 난 이만 나갔다 오마."

생색내는 현아의 말에 현성은 한차례 피식 웃고는 박물관으로 가기 위해 집을 나섰다.

* * *

인천 역사 유물 박물관의 관장실.

그곳에서 서진철 관장은 자신을 보러 온 현성을 맞이하고 있었다.

"왔군."

"……."

한동안 서진철 관장과 현성은 서로를 말없이 바라봤다.

상대의 의중이 무엇인지 탐색하고 있는 것이리라.

한동안 서진철 관장을 노려보던 현성은 관장실에 마련되어 있는 소파에 몸을 기대며 작은 미소와 함께 입을 열었다.

"그래도 다행이네요."

"무엇이 말인가?"

"3일이라는 기간은 무슨 일을 벌이거나 생기기에는 충분한 시간이니까요. 아무 일이 없어서 참 좋군요."

"호오?"

서진철 관장은 쓴웃음을 지었다.

현성의 말대로 3일이라는 시간은 함정이라도 파서 기다리기에 충분했다. 아니, 그 이전에 가족들에게 손을 댈 수도 있었다.

하지만 서진철 관장은 아무런 짓을 하지 않았다.

완전한 무방비 상태라고 할 수 있었다.

그 점이 현성의 마음에 들었다.

'조금이라도 이상한 낌새를 보이면 바로 움직일 생각이었는데 말이야.'

아무리 서진철 관장이 고개를 숙이며 시간을 달라고 했을 때, 거짓이 없었다고는 하나, 그 뒤에 어떤 행동을 보일지 알 수 없는 일이었다.

그 때문에 현성은 지난 3일간, 인천 역사 유물 박물관을 감시했다. 주변에 있는 새들과 패밀리어 마법 계약을 맺어 항상 마법 협회 한국 지부를 살펴보고 있었던 것이다.

만약 그동안 서진철 관장이 자신을 어떻게 해보려고 함정을 준비한다거나, 가족들을 건드리려고 했다면 가만히 있지 않을 생각이었다.

'이걸로 한가지 사실은 알 수 있지.'

현성은 마법 협회 한국 지부가 자신과 척을 지고 싶지 않아 한다는 사실을 알 수 있었다.

또한, 마법 협회 한국 지부가 악의 소굴 같은 집단이 아니라는 사실도 말이다.

그리고 서진철 관장은 현성의 말을 듣고 속으로 쓴웃음을 짓고 있었다.

'시험을 당하고 있었던 건 우리들이었군.'

서진철 관장은 눈앞에 있는 현성을 물끄러미 바라봤다.

현성의 눈빛은 나이에 걸맞지 않게 깊었다.

'환상의 섬에서 무슨 일이 있었나 보군.'

아티팩트 비밀 연구소 임무에 투입하기 전, 현성의 실력이 3클래스 마스터 이상일 거라고 짐작은 하고 있었다.

어쩌면 자신과 비슷한 수준일지도 몰랐다.

현재 서진철 관장의 경지는 4클래스 마스터에 근접했다.

하지만 서진철 관장은 현성으로부터 아무것도 느낄 수 없었다. 마치 마법사가 아니라 일반인인 것처럼 마나를 느낄 수 없었던 것이다.

"그럼 이제 말해주시겠습니까?"

'……'

강렬한 열기를 담은 뜨거운 시선으로 현성은 서진철 관장을 바라봤다.

그 눈빛에 서진철 관장은 진지한 얼굴로 입을 열었다.

"자네가 궁금해 하는 게 무엇인지 잘 알고 있네. 우리들이 어째서 청동거울이나 생물 병기 같은 것들을 연구하고 있는지 궁금할 테지."

그 말에 현성은 조용히 고개를 끄덕였다.

청동거울이 차원과 차원을 연결하는 문을 만들어낼 수 있다는 사실이나, 생명공학 연구실에서 본 시베리안 허스키 같은 여러 생물병기들에 대해 궁금증이 있었지만, 그보다 무슨 이유로 한국 지부가 그러한 것들을 연구하고 있었는지 알고 싶었다.

"우리들이 청동거울로 차원의 문을 연구한 이유나 생물 병기는 전부 한가지 이유네."

"그게 무엇입니까?"

"그건 자네가 더 잘 알거라 생각되는데?"

현성의 반문에 서진철 관장은 물끄러미 눈앞에 있는 소년을 바라보며 말했다.

"자네는 환상의 섬에서 그것들을 보지 않았나? 다른 차원에서 넘어온 침략체를."

"……!"

서진철 관장의 말에 현성은 환상의 섬에서 본 정체불명의 생명체들을 떠올렸다.

"그것들… 말입니까?"

"그렇네. 자네가 조사대와 함께 조우한 정체불명의 생명체들. 우리들은 팬텀이라 부르고 있지."

"팬텀?"

생소한 단어에 현성은 반문했다.

그런 현성에게 서진철 관장은 오히려 질문했다.

"자네는 팬텀이 무엇이라고 생각하나?"

서진철 관장의 말에 현성은 생각에 잠겼다.

자신이 보기에 환상의 섬에서 본 정체불명의 생명체들은 자연발생적으로 생겨난 생물이 아닌 것처럼 보였다.

마치 인위적으로 태어난 생체 병기 같았으니 말이다.

"그건 관장님이 더 잘 알고 있는 게 아닙니까?"

현성은 날카로운 눈으로 서진철 관장을 바라보며 말했다.

그러자 서진철 관장은 어처구니없는 웃음을 흘렸다.

"내가? 김현성 군. 장담컨대 팬텀들에 대해 잘 알고 있는 사람이 있다면 그건 분명 자네일 거야. 왜냐하면 아직 아무도 팬텀과 조우한 인간은 없거든. 물론 나도 본 적이 없지."

"그게 무슨……?"

"알겠나? 자네를 비롯한 조사대들이 처음 팬텀들과 접촉한 것이네. 지구상에서 팬텀에 대해 알고 있는 사람이 있다면 한국 지부의 조사대 멤버뿐이지."

"그런……."

현성은 서진철 관장이 팬텀들에 대해 당연히 알고 있을 거라 생각했다. 그런데 모른다니?

그때 현성은 이상한 생각이 들었다.

"그럼 어째서 청동거울이나 생물 병기들을 연구한 이유가 팬텀들이라고 한 겁니까? 이미 팬텀들에 대해 알고 있던 게 아닙니까?"

그랬다. 분명 서진철 관장은 청동 거울을 통한 차원의 문과 생물 병기의 연구를 한 이유가 팬텀들 때문이라고 대답했다.

그 말은 이미 팬텀에 대해서 알고 있다는 말이 아닌가?

"후우……."

어느 틈엔가 서진철 관장은 담배를 꺼내 물고 있었다. 담배 연기를 한차례 길게 내뿜은 서진철 관장은 현성을 바라봤다.

"팬텀들의 생태계나, 지능, 직위, 숫자, 구조 등등 우리들이 알고 있는 건 유감스럽지만 아무것도 없어. 우리들이 알고 있는 건 자네들의 보고서 내용에 적혀 있는 팬텀들에 대한 것밖에 없지."

그렇게 말한 서진철 관장은 아직 다 피지도 않은 담배를 재떨이에 비볐다.

"그리고 이제 자네도 어렴풋이 느끼고 있겠지. 우리들이 어째서 청동거울로 차원의 문을 연구하고, 생물 병기를 만들려고 하는 건지를."

"⋯⋯!"

서진철 관장의 말에 현성은 놀란 표정을 지었다.

확실히 팬텀들은 인류에게 있어서 재앙이었다.

과연 인류의 전력으로 팬텀들을 상대로 싸울 수나 있을까?

하지만 그것은⋯⋯.

'설마 팬텀들이 또 다시 나타난다는 말인가?'

그 생각에 현성은 식은땀이 흘러내렸다.

청동거울이 만들어낸 칠흑의 원안에 존재하던 거대한 팬텀이 떠올랐던 것이다.

그 팬텀은 8클래스 대마법사인 자신에게 적잖은 위압감을 줄 만큼 강한 존재였다.

"자네는 이 세계에 대해 얼마나 알고 있나?"

그때 서진철 관장이 진지한 표정으로 입을 열었다.

"⋯⋯?"

현성은 의아한 표정을 지었다.

그런 현성에게 서진철 관장은 한마디 덧붙였다.

"김현성 군. 이 세계에 대해 알고 싶다면 일본에 가보게."

"일본으로 말입니까?"

"그래. 일본에 가보면 알 수 있을 것이야. 차원의 저편에서

다가오고 있는 어둠에 대해서. 팬텀들은 단순한 첨병에 지나
지 않지."

　서진철 관장은 어두운 표정으로 말했다.

　'어둠이라……'

대체 일본에 무엇이 있다는 소리일까?

팬텀보다 더한 무언가가 있다는 것일까?

그리고 이 세계에 다가오고 있는 어둠이라니?

"알겠습니다."

조금씩 드러나기 시작하는 세계의 위기.

　과연 그 너머에는 무엇이 기다리고 있는지 직접 확인하기
위해서 현성은 일본에 가기로 마음먹었다.

『화려한 귀환』 5권에 계속…

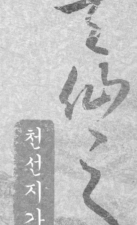

백미가 新무협 판타지 소설

FANTASTIC ORIENTAL HEROES

천선지가

불의의 사고로 죽은 청년 이강
그를 기다린 것은 무림이었다!

어느 날
그에게 찾아온 운명,
천선지사.

각인 능력과 이 시대엔 알지 못한 지식으로
전생에서 이루지 못한 의원의 꿈을 이루다!

『천선지가』

하늘에 닿은 그의 행보가 시작된다!

Book Publishing CHUNGEORAM

운행이 미친 자유추구
WWW.chungeoram.com

FUSION FANTASTIC STORY
건(建) 장편 소설

컨트롤러
Controller

세상에게 당한 슬픔,
약자를 위해 정의가 되리라!

『컨트롤러』

부모님의 억울한 죽음.
더러운 세상에 희롱당해
무참히 희생당한 고통에 분노한다!

"독하게… 살아가리라!"

우연한 기회를 통해 받은 다른 차원의 힘.
억울함에 사무친 현성의 새로운 무기가 된다.

냉정한 이 세상을 한탄하며,
힘조차 없는 약자를 대변하고자
내가 새로운 정의로 나서겠다!

FANTASY FRONTIER SPIRIT

이휘 판타지 장편 소설

IAN REYNOR

이안
레이너

끊어진 가문의 전성기.
무너진 영광을 다시 일으킨다!

『이안 레이너』

백인대장으로 발령받은 기사, 이안
부하의 배신으로 인해
낯선 땅에 침범하게 된다.

"살고 싶다… 반드시 산다!"

몬스터들이 우글거리는 척박한 환경에서
새로운 힘을 접하게 된다.

명맥이 끊겼던 가문의 영광!
다시 한 번 그 힘을 이어받아,
과거의 명예를 되찾으리라!

Book Publishing CHUNGEORAM

유행이 아닌 자유추구 -
WWW.chungeoram.com